孤意与深情

《诗经》初见

庞洁 著

陕西师范大学出版总社

图书代号　WX21N0905

图书在版编目(CIP)数据

孤意与深情：《诗经》初见 / 庞洁著. —西安：陕西师范大学出版总社有限公司，2021.7
　　ISBN 978-7-5695-2190-0

Ⅰ.①孤… Ⅱ.①庞… Ⅲ.①《诗经》-诗歌欣赏 Ⅳ.①I207.222

中国版本图书馆CIP数据核字(2021)第076316号

孤意与深情：《诗经》初见
GUYI YU SHENQING: SHIJING CHU JIAN

庞　洁　著

出 版 人	刘东风
责任编辑	焦　凌
责任校对	宋媛媛
封面绘图	木　言
封面设计	ONEbook
出版发行	陕西师范大学出版总社
	（西安市长安南路199号　邮编 710062）
网　　址	http://www.snupg.com
印　　刷	山东临沂新华印刷物流集团有限责任公司
开　　本	710mm×1000mm　1/16
印　　张	14.25
插　　页	1
字　　数	173千
版　　次	2021年7月第1版
印　　次	2021年7月第1次印刷
书　　号	ISBN 978-7-5695-2190-0
定　　价	48.00元

读者购书、书店添货或发现印装质量问题，请与本公司营销部联系、调换。
电话：（029）85307864　85303629　传真：（029）85303879

因痛而思与诗之初心（序一）

杨 雨

庞洁是我的学生。

我之所以一开始便如此高调地介绍她和我的关系，实在是因为，从教二十年，我的学生遍及天涯，老师的骄傲当然总是来自学生的优秀。但，在庞洁的优秀面前，我竟然感到了一丝惭愧。

这一丝惭愧是：庞洁的优秀实在不是因为老师教得好，至少不是因为我教得好。庞洁在中南大学中文系本科就读的时候，我还只是一名刚刚走上讲台的青年教师，还未完全褪去学生的青涩，遑论对学生能有多少实质性的教导，而庞洁在大学时代已然是校园里的知名诗人。我至今记得，当时看到很多学生都在传抄一本诗集，我有些好奇，问学生要了来看，诗集的作者署名"因痛而思"。我于现代诗稍微有点隔膜，但集子里那些"年轻"而又比通常的"年轻"更具丰富意义的诗句，还是让我对这位诗人留下了深刻的印象，并且由此知道了诗人的本名——庞洁。

然而，当年的我并不深信"因痛而思"会一直写下去，因为青春原本就是属于诗意的年华，谁没有过多愁善感、为赋新词强说愁的光阴故事呢？何况还是中文系的才子才女。只不过，校园里的诗人大多会被岁月淘洗成除了"诗人"以外的种种面貌；更何况，我与庞洁虽有师生名分，但当年的面对面交流其实并不多，毕业之后的"因痛而思"在我的通讯录里也的确沉寂了很多年。直到数年前，因为智能手机的普及以及微信的开通，我才真正了解她的近况——原来毕业后的这些年，她不仅没有在诗的世界里沉寂，反而成了一名真正意义上的诗人和一名非常专业的文学编辑，既斩获柳青文学奖诗歌奖，又荣膺百花文学奖编辑奖，以及各种与文学相关的荣誉。我们聊天依然不多，但我常常在朋友圈里看到她特立独行的文字与从容安静的笑容，知道她依旧在写诗，依旧固守着文学的纯粹。有一次我在微信里问她："大学时候的笔名'因痛而思'还在用吗？"她答："早就不用了，很快意识到无病呻吟就赶紧换掉了。"我仿佛看到屏幕那头的她更淡定、更聪慧的微笑，而这，正是我喜欢的样子。

似乎是从前年开始，庞洁偶尔会发来她写的一两篇文字，解读《诗经》中的爱情篇章，请我"批评指正"。说实话，我并没有细读，但一扫而过时，我还是忍不住暗暗感叹："庞洁的文字果然还是那么充满灵气。"这些年来我一直在中文系主讲大一新生的专业必修课程"先秦文学史"，《诗经》自然是其中的重中之重，所以我自诩对《诗经》是相当熟悉的，而且"学院派"的解读模式与授课模式让我多少也有一些固守学术樊篱的执拗。因此，当庞洁与我联系，说她要将解读《诗经》的文字结集出版的时候，我的第一感觉竟然不是欣慰，而是警觉！

因为，这几年随着诗词热的兴起，坊间充斥着太多"挂羊头卖狗肉"的所谓解读古典诗词的出版物。这些图书大多是避实就虚，用一两首古典诗词引发个人的一些空中感慨而已，文字看上去如"七宝楼台"，但内容和诗词实在没有什么关系，与其说这是古典诗词的解读，倒不如说是借着古典诗词的名头贩卖的鸡汤随笔。我对类似随笔谈不上有多反感，但一定会谨慎地与之划清界限，毕竟，市场有市场的需求，学术亦应有学术的坚守。

我有点担心庞洁也会将《诗经》解读成类似的鸡汤文，所以当她将完整书稿发给我以后，我打算先认认真真读几篇再决定是否写这个序。没想到，电子书稿一打开，我竟然一篇接着一篇欲罢不能地读了下来，那些我非常熟悉的诗篇在庞洁的笔下变得如此生动活泼，她的笔触时而冷峻犀利，时而幽默风趣，时而含蓄沉郁，时而轻盈灵动，时而深刻仿佛哲人之思，时而深情犹如诗人之志，时而亲切好似邻家小姐姐与你款款笑谈……我讶异于她在两千多年的时空中穿梭得如此自如，那些古典而朴拙的文字，居然于现实的观照中熠耀出如此新鲜明丽的光华，竟然让此刻的我有了手不释卷的感慨。

庞洁的这本《孤意与深情——〈诗经〉初见》显然不同于我熟稔的高头讲章式的学术论著，亦不同于我多年沉浸其中的典雅博奥的古代典籍，它带给我一种全然新鲜的阅读快感。其实我更愿意在这样的午后，在冬日暖阳的懒懒照耀下，毫无功利目的、毫不设防地读完她的文字。但庞洁让我写序的请求又时不时很"煞风景"地将我从这样舒适的阅读体验中拉回来，逼得我不得不理性地思考如何评判她的文字以及她赋予文字的深意。

显然，在《诗经》这样崇高的典籍面前，作为文学研究者的庞洁是谦卑而深怀敬畏的，书名中的"初见"应是她的真实态度。然而，作为诗人的庞洁又是相当自信和感性的，"孤意"与"深情"两个关键词就透露出她一如既往的那份傲气。孤独是人人都会经历的生命体验，但只有伟大诗人的伟大孤独，才能成就一骑绝尘的伟大诗篇，是为"孤意"；"深情"是人人都渴望获得与珍藏的生命体验，但只有拂去满身尘埃回归澄澈本心，才能酿成一往情深的醇厚。故而，对于大多数人而言，高贵的"孤意"与纯粹的"深情"或可偶尔仰望，却终难随意触及。

我也不能确知年轻的庞洁是否终究能到达那份属于哲人的"孤意"与属于诗人的"深情"，但我可以确知这是她一直努力的方向，这本书或可视为她努力的一个阶段性成果。

《孤意与深情——〈诗经〉初见》解读了《桃夭》等三十余首诗，在解读过程中，又延伸出相关题材的数首诗，足见这些年庞洁读书之用心与用力。我尤为欣赏庞洁的是，她以一个当代女性诗人的独特视角切入对《诗经》的阐释，以今诗人之心会古诗人之心，或许是更能直抵诗之本心的。我忽然想到，庞洁多年前用过的笔名"因痛而思"实在也隐含着这两个重要的关键词，也是可以借来评价她这部解《诗经》之作的。

首先是诗人独有的"痛"。《诗经》固然有欢悦的篇章，但"君子作歌，维以告哀"。往小里说，个人的苦难往往是诗歌创作最强大的动力。在中国，有司马迁的"发愤著书"说，有韩愈的"不平则鸣"说，有白居易的"诗人薄命"说，有欧阳修的"穷而后工"说……甚至在文学批评史上还有这样一种声音：因为人类需要伟大的诗歌传世，所以天意必然赋予伟大的诗人更深、更重的苦难，正如白居易所云"天意君须会，人间要好诗"。中国诗人是这样，西方诗人亦是如此。"尼采曾把母鸡下蛋的啼叫和诗人的歌唱相提并论，说都是'痛苦使然'。"（钱锺书《诗可以怨》）雪莱说："最甜美的诗歌就是那些诉说最忧伤的思想的。"缪塞也说过类似的话："最美丽的诗歌就是最绝望的，有些不朽的篇章是纯粹的眼泪。"这样看来，诗意本身，就是一种美丽的忧伤。说到这里，我忍不住引一段庞洁解读《柏舟》的文字：

> "泛彼柏舟，亦泛其流。"诗人乘着柏舟，在湍急的河中漂泊，无所依傍，但内心并不随波逐流，此诗一开始的情志便是沉郁的。历史上著名的咏怀诗，如阮籍《咏怀》组诗中的"夜中不能寐，起坐弹鸣琴""嘉树下成蹊，东园桃与李""灼灼西颓日，余光照我衣"，开篇也都是貌似闲淡，实则沉痛。到

了为后世所引用最多的"我心匪石,不可转也。我心匪席,不可卷也",则是"感情到了抛物线的最高点"(顾随语)。一直到末句,"静言思之,不能奋飞",其忧思依然难平。这种坚忍无声的抗争同样出现在另一首著名的古乐府琴曲歌词中:"人多猛暴兮如虺蛇,控弦披甲兮为骄奢。两拍张弦兮弦欲绝,志摧心折兮自悲嗟。"(蔡文姬《胡笳十八拍》)

后世的咏怀诗,多吟咏抒发诗人的怀抱和情志,它所表现的,是诗人对现实世界的体悟,对生命存在的思考,对个体生命的把握,对未来人生的追求。宣泄情志、发发牢骚很简单,难的是虽忧愤犹克制。诗词中对痛苦的克制,反而会加深情感的重量,这是克制的力量,克制固然是痛苦的,人生也是痛苦的,但人生需要克制,叫嚣从来不会减轻人的痛苦。

这样的文字,我想是基本把握住了古代诗人的"痛感"的,"克制的痛苦",不正是"温柔敦厚"的诗教传统吗?然则庞洁并不满足于停留于此,她进一步从"我心匪石,不可转也。我心匪席,不可卷也"的句子,联想到了屈原因执着而产生的强烈痛苦,她甚至将《柏舟》尝试着改写成略带"骚体"的味道:

泛彼柏舟兮,亦泛其流。耿耿不寐兮,如有隐忧。微我无酒兮,以敖以游。

我心匪鉴兮,不可以茹。亦有兄弟兮,不可以据。薄言往愬兮,逢彼之怒。

我心匪石兮,不可转也。我心匪席兮,不可卷也。威仪棣棣兮,不可选也。

> 忧心悄悄兮,愠于群小。觏闵既多兮,受侮不少。静言思之兮,寤辟有摽。
>
> 日居月诸兮,胡迭而微?心之忧矣兮,如匪澣衣。静言思之兮,不能奋飞。

我惊叹于庞洁在解诗的同时,依然随性地挥洒着她作为诗人的禀赋,我更欣赏她能够不局促于"小我"的痛苦,而自然地生发出"大我"的崇高:

> 多了一个"兮",就变成了邶国的《离骚》,楚风"劲质而多怼,峭急而多露"的味道就出来了。《柏舟》中的无名诗人是先于屈原的第一个独唱的诗魂,与屈子一样,他视保持赤子人格为人生信条。他们是丰姿卓绝的诗人,是高洁不屈的志士,也是彻底的孤独者。这正是"我心匪石,不可转也"。

是的,诗人的"痛"绝不会仅仅停留在"小我"的自怨自艾、自怜自惜。往大处说,伟大的诗人更有一种以道自任、主动担荷人类苦难的使命感,能够从"小我"的苦痛中升华出对于人类苦难的悲悯情怀,从而超越个人的生命体验,与人类的普遍情感息息相通。显然,庞洁是有这种视野与胸怀的,所以她才能从通常被认定是一首"怨妇"诗的《柏舟》中,解读出如此博大而崇高的诗人情怀。

然则庞洁又是善解人意的,一味地膜拜崇高与伟大只会拉开普通人与诗的距离,让人真的以为诗意总在我们够不着的远方,而《诗经》又在更远的远方……庞洁的细腻与慧心同样体现在她亲切的絮叨中。还是通过这首《柏舟》,她会替我们问出每个人都想问的问题:"而我们普通人,又该如何善待我们的痛苦与孤独?"

答案我不在这里引述了,我想,当读者翻开此书,都会从庞洁的文字里寻觅到或熨帖内心、或发人深省的回答。因为对于所有问题,庞洁同样会"因痛"而给出她"思"的答案。

庞洁的"思"也是与众不同的。她对于《诗经》的思,对于诗人之"痛"的思,有着她不同寻常的表述途径。我很佩服她游刃有余地联结古代与当下、诗意与现实、中国与西方的能力。她评论感伤时世的《兔爱》,联想到波德莱尔在《恶之花》中写的"惨淡而古怪的天空,像你的命运一样焦虑";评论悼亡诗《绿衣》联想到经典影片《人鬼情未了》,认为"爱情逝去的部分,我更愿意称之为'幽灵',可以深情追念,可以尘封心底,幽灵自然也可以随风逝去,如同'光耀而巨大的罪'(法国作家魏尔伦写给兰波的诗句)";评论战争诗《击鼓》,又从电影《冷山》的主人公艾达与英曼的战地爱情中解读出"等待"的焦虑与恐惧,"这部电影,不就是美国版的《击鼓》吗"?庞洁如是说……

这种打通古今、打通中西,甚至打通不同艺术门类的解读路径,无疑让我们的阅读体验更为丰富、更为愉悦。也让当下的我们在品读两千多年前的诗篇时,减弱了时空的距离与障碍。因为庞洁引导着我们在《汝坟》中读懂"留守妻子"的寂寞,在《凯风》中看到"巨婴"的肤浅,在《女曰鸡鸣》篇的末尾,她俏皮地告诉我们:"在我看来,'宜言饮酒,与子偕老'比'执子之手,与子偕老'更浪漫绵长。亲,今晚回家不如我们小酌一杯吧,虽然我们不说爱已很久了……"

读到这样的文字,是不是你也会和我一样,忍不住会心一笑呢?

庞洁这种在崇高与浅近、旁征博引与娓娓道来、幽默俏皮与犀利峻切的不同风格间切换自如的能力,我是相当欣赏而且由衷感到快慰的,因为无论如何,对于学生的青出于蓝,老师都乐见其成。

也因此,我会深信,生活给予庞洁的一切,都会转化成她敏锐的诗思,滋养她纯粹的诗心，温润她绵长的诗意，亦丰厚她的诗与解读诗的文字。恰如《淇奥》一诗所云：

瞻彼淇奥，绿竹猗猗。有匪君子，如切如磋，如琢如磨。瑟兮僩兮，赫兮咺兮。有匪君子，终不可谖兮。

撩开"经"的面纱，回到"诗"的初心，期待庞洁在无数次切磋琢磨的锤炼过后，终能让我们看到诗坛君子的模样。

杨雨，文学博士，任中南大学文学与新闻传播学院教授，博士生导师，中国词学研究会常务理事。主攻方向为唐宋词研究及批评。已出版著作二十余部，发表论文四十余篇。担任央视《百家讲坛》《中国诗词大会》等电视节目嘉宾。

你装饰了别人的梦（序二）

刘绪义

我一点不讶异庞洁写了一本读《诗经》的书，这部生长于瓜瓞绵绵的周秦土地上的诗歌经典，早就穿越千年，陪伴着她走到现在。

可能因为我十多年前也解读过《诗经》，有次庞洁和我谈起，她在读《诗经》，想写点文字，我非常赞同。因为庞洁本身就是一个诗人，以诗解诗，相信她会提供一种与众不同的感觉。等读到她陆续在《书屋》等刊物上发表的系列文章后，我就期待她的新书能给古老的《诗经》增添另一种迷人的魅力。

有"小品圣手"之称的明代才子张岱曾在《陶庵梦忆》中写过明末一位女伶朱楚生："色不甚美，虽绝世佳人无其风韵，楚楚谡谡，其孤意在眉，深情在睫，其解意在烟视媚行。"庞洁也多次聊起过她对张岱的偏爱，于是她选择"孤意与深情"作为书名，也终于完成了以她的视角读《诗经》这一夙愿。

于是，她做着这样的事情。"我试图把《诗经》里的爱情整理出来，在当代展开，看那些遥远的万古愁，那些孤意和深情，与今天人们的心灵感应。"她借用张岱这个典故，是因为"'孤意'与'深情'，也几乎很好地诠释了《诗经》中的情感。'虽则如云，匪我思存'是深情，而'缟衣綦巾，聊乐我员'则是孤意。感情中没有永远单一的相思与爱恋，也没有永久的欢欣与忧愁。所以，孤意与深情，映射的是情感中多元的深邃的部分,这是艺术必要的一种矛盾,是情感必经的矛盾,更是生而为人的矛盾"。

正如"你站在桥上看风景,看风景的人在楼上看你"那样,庞洁打量《诗经》中的情感,发现了"孤意"与"深情"这对矛盾。作为读者,我站在书外看庞洁,也看到了庞洁的"孤意与深情"。

"孤"是一个人灵魂的塑像,"深情"至少是两个人或者两个灵魂的契合,是矛盾,却未必一定存在对抗,至少我看庞洁是如此。她是拥有赤子之心的人,这本身就是对生命的"深情",无须他人唱和。庞洁首先是一个诗一样的女子,在我的印象里,她能够将简单的生活过成诗,也能将平常的日子写成诗。她没有女伶那样窈窕妖娆的姿色与表演技能,但是,一身散淡的庞洁,本身就像诗一样行走在唐风汉韵之中。

她是个诗人,而且她还是一个有才华且深情的诗人。她有一首诗《我的痛苦还不够多》让我印象深刻。她写道:

> 年轻的时候
> 我已深陷自己的局限
> 朴素地表达好恶
> 任性而偏执
> 也曾意气风发地注视过山河与人间
>
> 生活大浪淘沙
> 只有少数人是深情的幸存者
>
> 我终于成为时光的钉子户
> 与日子相濡以沫

> 如今我痛苦
>
> 但已经没有人是罪魁祸首

有才情的女诗人不少见，庞洁却还有一点是今天人们所罕见的，她是一位有强烈自省意识的女诗人。"只有少数人是深情的幸存者"，我觉得这完全就是她解读《诗经》的映照。

庞洁生于渭河发源地，渭河文化古老悠久，是中华民族的发祥地之一。她求学于"惟楚有才，于斯为盛"的岳麓山下，从中南大学毕业后又赴西北大学继续深造，后定居在古风犹存的长安。可以说这三地深厚而丰富的历史文化共同构建了庞洁的精神背景，才让她如此有底气和灵气。尤其是在陕西这片黄土地上，大师辈出，高手如云；她供职于文化单位，这个领域骚客往来，才人踵足。然而，80后的庞洁却是个"另类"，她平静地看着这一切，虽然已经做了母亲，却依旧如同街边一个怯生的小女孩。

我觉得"怯生"这个词用在她身上恰到好处。倒不是说她不谙世事，作为知名文学期刊的编辑，我也见过她神采飞扬与各路大咖交流开玩笑的场面。近年看她也受邀主持、参与一些文化活动，良好的文化底蕴、优雅的谈吐，让她在镜头前得心应手。受人夸赞时，她则自嘲是"被万恶的编辑工作耽误了的主播"，她有从不怯场的沉着大气。即便如此，不懂"带货"，也不在乎"流量"，依然十几年如一日坐着文学编辑的"冷板凳"，业余写诗、写文，乐此不疲。但除了"文学"之外，其他时候倒是冷静得可以，从不与任何名人套近乎，不附和、不客套。如此，她倒属于那一类"知世故而不世故"的人。

她在朋友圈发的一些文字，自名曰"一个段子手的修养"，有趣又意味深长。她写道："某友邀约吃火锅，我惊呼这家毛肚太好吃了，对方贴心地说，那就再来一盘吧。我说：不用了，止于好即可，'再来一盘'

就是败笔。亲们，很多事情都要'止于好'，千万别想着更上一层楼。"有人问"为什么不能更上一层楼"，她机智地回答："有些事情，比如恋爱、婚姻，一开始其实已经就是顶峰了。"众友皆会心点赞。还有一次文友们谈到诺奖作家略萨的名言，大意是"文学是失败者的表达"，庞洁说："这句话太受写作者欢迎了，但说这句话的人可从来不觉得自己失败，作为文学爱好者可千万别被大师忽悠了。他们说'你看，我多能写，失败不算啥'，好比瘦子说'你看，我多能吃，长胖不算啥'，都很气人。"她的这种有点小品文意味的警示妙语屡见不鲜，光看她的朋友圈就足够有味的。她的很多话完全不像出自一个年轻人，而像是饱经沧桑又智慧通透的老者所言，这就是活得高级而有趣的人啊！

　　庞洁在文字中一如既往表达她的"孤意在眉，深情在睫"，对于生活与文字永葆真与善的情怀。她深情于诗情绵邈的文字，又孤立于喧哗热闹的名利场；她深情地接纳每一个充满爱的生命，孤立于这个悲情的尘世之外。如她所言，"生活、真理、诗，只是同一事物的不同名字"。

　　读过庞洁的诗，常常惊叹于她的语感之奇特、意境之奇妙，我曾形容她"用词语作子弹，射向这个作秀的时代"。当下部分的诗歌作品离艺术标准远，靠近庸俗的大众消费，琐碎化、同质化的表达，表述的是泛泛之情、虚伪之情，如快餐手纸，用过就扔，就像朋友圈多是点赞之交而少有深情。诗人们过度强调"诗意"，而写作甚至连最基础的捍卫语言纯净度的问题都没有解决，因此重申写作的生命立场何等重要。而庞洁做到了"词语的透明精确，对生存真相的坦诚的照亮和指陈，将知识分子的孤独书写上升为寻找广阔精神天地的时代隐喻"（柳青文学奖授奖词）。

　　再来读这本《孤意与深情》，常常感觉到庞洁有一种代入感，诗经中的那些女子，仿佛就是庞洁的化身，这就能使她回到经典，回到现场，与《诗经》时代的女子做毫无障碍的交流，她懂得她们的悲伤与欢欣，与她们深深共情。良好的共情能力无论在生活中还是在阅读中无疑都是美德。因此，这种穿越古今的交流与理解，就不同于一般学术研究式的刻板解读。

庞洁还有一个技能，既能够穿越到《诗经》时代，又能随时穿越回现代，这种出入自如、毫无痕迹和时间迟滞的"秒杀"手段，得益于她丰富的古典文化积淀，更得益于她对《诗经》里的生命和情感的感同身受：

> 我所生活的古城长安以钟楼为中心，东南西北四个方位各有一座城门。东门名为"长乐"，建于明代，"长乐"二字寓意大明江山长久欢乐，万年不衰。这里同样是人声鼎沸之地，每次经过的时候，我都会想起两千多年前这位男子的吟哦："出其东门，有女如云。虽则如云，匪我思存。"愿时间没有辜负他的等待。他的孤意与深情、长乐与长哀都是一生最光荣的战役。

庞洁似乎在以一种她自己的方式与我们熟视无睹的或者叫作"虚无"的东西作战，这并不是堂吉诃德式的作战，而是视时间为唯一的劲敌。一个"足够好"的人也只会以过去的自己为对手，"一直与错误的敌人战斗／尚未学会与童年嬉戏／真正的敌人则是衰老、死亡／及本身对爱之枷锁的恐惧"（庞洁《理智之年》）。看到她的好友撰文用"此生只向花低头"来写对庞洁的感觉，让人不由感叹，大家对"美"的认知何其相似。她其实并不在乎自己是否"孤意"，而是以自己特有的率真和一般女子少有的豪气悄悄化解着这与生俱来的矛盾。

她携带一腔诗意走进《诗经》的时代，我想不只是她钟情于诗中的纯情，也并非为了躲避世俗的尘埃。她可以浑然不觉地走进尘埃，但却绝无可能混于其中。她就像《诗经》中的植物，草木岂非无情，遍阅人间悲喜。每一株植物在岁月的轮回里都有孤绝而恒久的影子，每一株植物都承载着两千多年来人们的悲喜与感怀。我们一起跟随诗人的脚步，俯首找寻草木中流转的古老诗意……

品读庞洁的新书，更进一步地让我理解了这位诗一样的女子别样的深情与孤意。她以一种冷峻的目光对历史包括女性做文化的思考，探索先民们深微的生命轨迹。她将真挚的内心感受和带有思辨色彩的哲思融为一体，重现严肃的历史与醇厚的人生，集有趣、有情、有识于一体，既现代又传统，氤氲在其文字中的才气、灵气和书卷气令人惊喜。庞洁努力地汲取中国的传统文化观念，重构了一种现代女性的理想人格与感情观。

作为她的同好，我希望读者能够通过这本书更通透地理解《诗经》，从而更加理解当下的自己。这本书不仅仅是为庞洁自己而写，更是为21世纪的我们所写，她写出了《诗经》时代的"孤意"，也写出了我们现代人身上隐藏不显的"深情"。她让我们明白，近两千多年来，我们丢弃了什么，我们还留存着什么。作为一个《诗经》研究者，我认为，这是近年来解读《诗经》最别致最有深度的一部。

我也想对庞洁说，你当然不知道，"明月装饰了你的窗子，你装饰了别人的梦"。

刘绪义，著名学者、中国社会科学院哲学博士后、教授。著有《天人视界：先秦诸子发生学研究》《晚清危局中的曾国藩》《曾国藩与晚清大变局》等专著十余部。

目　录

试着明媚，如同桃花的脸 001
　　——桃之夭夭，灼灼其华
生活和梦境，都在别处 008
　　——汉有游女，不可求思
她们的孤独是一座花园 015
　　——未见君子，惄如调饥
爱情住在什么地方 022
　　——维鹊有巢，维鸠居之
装睡之人叫不醒 028
　　——求我庶士，迨其吉兮
如果说你真的要走 035
　　——不我以，其后也悔
与命运干杯 040
　　——肃肃宵征，抱衾与裯
我不能悲伤地坐在你身旁 045
　　——有女怀春，吉士诱之
人生是一场盛大的孤独 050
　　——泛彼柏舟，亦泛其流

中国男人为何爱写悼亡诗 056
　　——绿兮衣兮，绿衣黄里

我送你离开 064
　　——燕燕于飞，差池其羽

当真爱遭遇段子手 070
　　——终风且暴，顾我则笑

在战火中穿梭，愿你毫发无损 075
　　——执子之手，与子偕老

是拳拳寸草心还是巨婴之歌？ 080
　　——凯风自南，吹彼棘心

岁月忽已晚 087
　　——匏有苦叶，济有深涉

写诗的人"假正经" 092
　　——燕婉之求，蘧篨不鲜

你身上升起的璀璨光芒 096
　　——如切如磋，如琢如磨

一念桃花源 103
　　——独寐寤言，永矢弗谖

《诗经》里有没有网红脸？ 110
　　——巧笑倩兮，美目盼兮

哀莫大于心不死 116
　　——女之耽兮，不可说也

为悦己者容还是为己容 126
　　——自伯之东，首如飞蓬

我看见了万古愁 131
　　——知我者，谓我心忧

上古时代的怕与爱 136
　　——我生之后，逢此百罹

从"大叔"到"小鲜肉" 141
　　——不如叔也，洵美且仁

我们不说爱已很久了 147
　　——琴瑟在御，莫不静好

你再不来，我就下雪了 154
　　——子不我思，岂无他人

孤意与深情 160
　　——出其东门，有女如云

激流勇进与对酒当歌 166
　　——蟋蟀在堂，岁聿其莫

看见自己独自面对无穷 170
　　——所谓伊人，在水一方

花椒有味亦有情 176
　　——视尔如荍，贻我握椒

附篇：

诗经中的植物 182

再唱不出那样的歌曲｜后记 199

参考书目 205

试着明媚,如同桃花的脸
——桃之夭夭,灼灼其华

桃之夭夭,灼灼其华。之子于归,宜其室家。
桃之夭夭,有蕡其实。之子于归,宜其家室。
桃之夭夭,其叶蓁蓁。之子于归,宜其家人。

《周南·桃夭》

大意:

桃花怒放千万朵,色彩鲜艳红似火。这位姑娘要出嫁,和顺平安归夫家。

桃花怒放千万朵,硕果累累大又甜。这位姑娘要出嫁,早生贵子后嗣旺。

桃花怒放千万朵,枝叶茂盛随风展。这位姑娘要出嫁,夫家康乐又平安。

我曾在浙江乌镇参观过一个各年代结（离）婚证展览。最让人眼前一亮的当属民国时期的结婚证书，试录几段：

礼同掌判，合二姓以嘉姻，诗咏宜家，敦百年之静好，此证！

两姓联姻，一堂缔约，良缘永结，匹配同称。看此日桃花灼灼，宜室宜家，卜他年瓜瓞绵绵，尔昌尔炽。谨以白头之约，书向鸿笺，好将红叶之盟，载明鸳谱。此证！

喜今日嘉礼初成，良缘遂缔。诗咏关雎，雅歌麟趾。瑞叶五世其昌，祥开二南之化。同心同德，宜室宜家。相敬如宾，永谐鱼水之欢。互助精诚，共盟鸳鸯之誓。此证！

从兹缔结良缘，订成佳偶，赤绳早系，白首永偕，花好月圆，欣燕尔之，将咏海枯石烂，指鸳侣而先盟，谨订此约。

每一段话都蕴藉典雅，辞致雅赡。看完"最美的民国结婚证书"后不由感慨："从前果然慢呵……"就算达不到才藻艳逸，至少也要文辞畅达，若写不了一份能获文学奖的休书，难免耽误彼此相忘于江湖。

"看此日桃花灼灼，宜室宜家，卜他年瓜瓞绵绵，尔昌尔炽。"这句便引申自《桃夭》。《桃夭》是《诗经·国风·周南》里的一篇，是贺新婚歌，也是送新嫁娘歌。这首诗非常有名，即便是只读过《诗经》里很少几篇的人，一般也会知道"桃之夭夭，灼灼其华"。一首简单朴实的歌，唱出了女子出嫁时对婚姻生活的希望和憧憬。歌中没有浓墨重彩，没有夸张铺垫，平平淡淡，它符合天地间一个基本的道理：大道至简。

正如女子化妆，粉黛轻施的淡妆总有无穷的神韵。浓妆艳抹，厚粉浓膏，不仅艳俗，而且给人以拒人于千里之外的感觉，让人猜想厚重的脂粉底下有多少真实。写过《诗经通论》的清代学者姚际恒说此诗"开千古词赋咏美人之祖"，并非过誉。《桃夭》中桃花意象的内涵成为中国诗词桃花意象的原型，也是喻婚嫁的原型。

在新婚喜庆的日子里，伴娘送新娘出门，大家簇拥着新娘向新郎家走去，一路唱道："桃之夭夭，灼灼其华。"红灿灿的桃花比兴新娘的美丽容貌，娶到这样的姑娘，一家子怎会不和顺美满呢！果实累累的桃树比喻新娘将会为男家多生贵子（旧观念多子多福），使其一家人丁兴旺。枝叶茂密的桃树比兴新娘将使一家如枝叶层出，永远昌盛。通篇以红灿灿的桃花、丰满鲜美的桃实、苍翠茂盛的桃叶来比喻新婚夫妇美好的青春，祝福他们的爱情像桃花般绚丽，桃树般昌盛。此诗运用叠章、叠句手法，每章结构相同，只更换少数字句，这样反复咏赞，音韵缭绕。优美的语句与新娘的美貌、爱情的欢乐交融在一起，十分贴切地渲染了新婚的喜庆气氛。诗人这种花盛子多的赞美和祝福，反映的不仅是当时的观念，亦是一个民族从古至今的婚姻理想。可以说，《桃夭》是中国人自己的婚礼进行曲。

《桃夭》难解，它几乎将女子的美写到极致，有时候我有种深深的挫败感，面对《诗经》这样丰厚的文化馈赠，怎么可能有超越原诗的解读呢？难怪刘勰《文心雕龙·物色篇》把"灼灼"状桃花之鲜看作思考千年也难易一字的佳构。

读《桃夭》，不仅使人浮想联翩，更能探究出许多美学、伦理学和政治学的道理。《桃夭》所表达的美的观念是什么？"桃之夭夭，灼灼其华"，已然很美，还要有"宜其室家"的品德，这才算完美。这种关于美的观念很流行，成为当时社会的主导思想。

楚国的伍举（伍子胥之祖父）曾经就"何为美"的问题与楚灵王发生了争论。伍举说："夫美也者，上下、内外、大小、远近皆无害焉，故曰美。若于目观则美，缩于财用则匮，是聚民利以自封而瘠民也，胡美之为？"（《国语·楚语》）很清楚，伍举的观点是善即美、无害即美。他强调"善"与"美"的一致性，以善代替美，赋予了美强烈的政治、伦理意义。"聚民利以自封而瘠民也，胡美之为？"意思是说，统治者重赋厚敛，浪费人力、物力，纵欲无度，就不是美。应该说，这种观点在政治上有一定的意义，但它否定了善与美的差别，否定了美的相对独立性，不承认"目观"之美。这种善即美的观点，在先秦美学中是很有代表性的。

孔子也持有这种美学观点。他赞赏"诗三百"的根本原因是"无邪"。他高度评价《关雎》之美，是因为它"乐而不淫，哀而不伤"（《论语·八佾》），合乎善的要求。在评价人时，他说："如有周公之才之美，使骄且吝，其余不足观也已。"（《论语·泰伯》）善与美，善是主导方面。甚至连选择住处，孔子也说："里仁为美。"（《论语·里仁》）可见，孔子关于美的判断，都是以善为前提的。但孔子的美学观并不局限于伍举的观点，他已经开始把美与善区别开来，作为两个不同的方面来使用了。"子谓《韶》：'尽美矣，又尽善也。'谓《武》：'尽美矣，未尽善也。'"（《论语·八佾》）当然，通过对《韶》与《武》的评价，还是可以看出，"尽美"虽然被放在"尽善"之外的一个相对独立的位置，但只是"尽美"，还不能说是真正的美，"尽善"才是美的根本。

至此，对于《桃夭》所反映的美学思想就比较好理解了。在秦人的眼中，艳如桃花只不过是"目观"之美，还"未尽善也"，只有具备了"宜其室家""宜其家人"的品德，达到至善，才能称之为美丽的少女、合格的新娘，才达到完美。

《桃夭》之后，真正使桃花意象作为女子和爱情的隐喻而家喻户晓的是唐人崔护的《题都城南庄》："去年今日此门中，人面桃花相映红。人面不知何处去，桃花依旧笑春风。"这首诗写的是诗人在春光明媚的日子里邂逅一美丽少女，她依桃树而立，桃花人面相得益彰，诗人对其一见钟情，忧思难忘。邂逅之情温暖着诗人的心，在其心目中留下了美好的形象。由此"人面桃花"成为诗人们心中美丽的爱情情结。在人生短暂而漫长的岁月里，飘动着无数的偶然和瞬间，一些人往往与之擦肩而过，失之交臂，而恰是这些瞬间，唤起了人心中悠悠的怅惘和终生的眷恋，构成了一种最珍贵的失落，永久地珍藏于人的心灵深处，从而使"人面桃花"成为中国文学里一个经典意象，也使女子、爱情与桃花意象的关联更加紧密。

《题都城南庄》同《桃夭》一样拨响了历代中国文人心灵深处的弦索，唤起人们不自觉的情感响应，在后人的诗歌中，"人面桃花"就成了女子和爱情的代名词。如"人面桃花在何处，绿阴空满路。"（石孝友《谒金门·风又雨》）"人面桃花未知何处，但掩朱扉悄悄。"（柳永《满朝欢·花隔铜壶》）"鸦背斜阳闪闪红，桃花人面薄纱笼。"（黄遵宪《不忍池晚游诗》其八）在用桃花喻爱情上，崔护所创造出的"人面桃花"的精神原型早已根植于中国文人的心灵深处。

桃花意象在中国诗词中的文化意蕴还有很多，这一传奇意象和其所表现的那些世俗意象叠加在一起，就形成了一个奇妙、丰富的意象组合。已故诗评家陈超先生有一首广为流传的诗《我看见转世的桃花五种》，是当代诗歌中吟咏桃花的佳作。忆及逝去的诗人和他的生命诗学，再读此诗不禁让人心中隐痛。

　　桃花刚刚整理好衣冠，就面临了死亡。

四月的歌手，血液如此浅淡。
　　但桃花的骨骸比泥沙高一些，
　　它死过之后，就不会再死。
　　……………
　　我离开床榻重返桃林的时候，
　　泥土又被落英的血浸红。千年重叠的风景。
　　噢，我噙着古老的泪水，羞愧的，炽热的。
　　看见喑哑的桃花在自己的失败中歌唱。

　　死亡幻想的审美书写在这首诗中处处可见，"喑哑的桃花"和"桃之夭夭"昭示的吉祥格格不入。可是，从艺术的角度看，任何美的极致不都是毁灭与死亡吗？愿"转世的桃花"在天国亦能安息。

　　《诗经》十分看重婚姻与家庭，如果把《桃夭》之前的诗歌浏览一遍，就可以看到，婚姻和家庭问题确实在《诗经》中占有极其重要的地位。《诗经》的开篇之作——《关雎》，讲的是一个青年男子爱上了一个美丽的姑娘，这是一个"君子"对"淑女"的追求。他日夜思慕，渴望与她结为夫妻。这首恋歌中所蕴含的情感也被很多人理解为一种感情克制、行为谨慎，以婚姻和谐为目标的爱情，所以儒者觉得这是很好的彰显夫妇之德的典范，代表了一种婚姻理想。孔子从中看到了具有广泛意义的中和之美，借以提倡他所尊奉的自我克制、重视道德修养的人生态度，《毛诗序》则把它推许为可以"风天下而正夫妇"的道德教材。至于作为《诗经》首篇的《关雎》是否是被世人会错了意的千古绝唱，所谓"诗无达诂"，仁者见仁。

　　第二首《葛覃》，写女子回娘家探望父母前的心情，写她的勤、俭、孝、敬。第三首《卷耳》，写丈夫远役，妻子思念。第五首《螽斯》，祝贺人多生子女。第六首《桃夭》，贺人新婚，祝新娘"宜其室家"。这六首，除第四首之外，其余从恋爱写到结婚，中间还写了夫妻离别的思念，渴望多子，回娘家探亲，等等，广泛涉及婚姻与家庭生活中的主要问题。

春秋战国时期，社会生产力水平还很低下，家庭是社会最基本的单位，每个人都仰仗着家庭克服困难，战胜天灾，争取幸福生活，自然希望家庭和睦、团结。娶亲是一件大事，因为它关系到家庭的前途，所以，对新人最主要的希望就是"宜其室家"。即便在今天，无论时代如何进步，家庭依然是社会最基本的单元，婚姻制度和夫妻伦理依然被人们所重视。男权社会对"贤妻良母"的要求依然存在，从现实生活到电视屏幕，都可以看到现代婚姻对女性的要求远远大于男性。社会上屡有评选"最美家庭"的活动，了解一下其被报道的事迹，就会发现，所谓"最美"，不过是有一个人在为全家默默付出，这个角色往往是家庭里的女性。中国传统文化总是要求女性做出各种牺牲，女性在家庭生活中的投入明显多于男性，却由于整个社会伦理的"潜移默化"自动放弃了对自身权利的诉求。可以说，社会伦理对于女性的约束如不放松，她们就很难无所顾虑地走出家庭，平等也就无从谈起。

"宜其家室""宜其家人"——这当然是站在男性的立场上讲的，"宜"是褒扬也是要求，否则怎么能配得上"灼灼其华"这样的讴歌呢。现代独立女性在秉承"宜其家室"的基础上，也有了更多的机会看见自我的价值。无论身处哪一个时代，"做自己"都是美好而奢侈的。假如有一个有灼灼桃花般容颜的女子，并不愿意"宜其家室"，爱她的男子也不要求她"宜其家人"，已婚女子的个性与任性在琐碎的婚姻生活中依然被满足和滋养，这个画面也是充满了幸福感的。

生活和梦境,都在别处
——汉有游女,不可求思

南有乔木,不可休思。汉有游女,不可求思。
汉之广矣,不可泳思。江之永矣,不可方思。
翘翘错薪,言刈其楚。之子于归,言秣其马。
汉之广矣,不可泳思。江之永矣,不可方思。
翘翘错薪,言刈其蒌。之子于归,言秣其驹。
汉之广矣,不可泳思。江之永矣,不可方思。

《周南·汉广》

大意:

南方有树高且直,树下少荫不可休。汉江有位好姑娘,路途遥远不可求。
浩渺汉江多宽广,不能泅渡空惆怅。长江水流湍又急,木筏怎能渡过江。
杂草丛生高又深,砍柴先得砍荆条。姑娘如愿嫁给我,我要替她喂饱马。
浩渺汉江多宽广,不能泅渡空惆怅。长江水流湍又急,木筏怎能渡过江。
杂草丛生高又深,打柴先得割蒌蒿。姑娘如愿嫁给我,我要替她喂马驹。
浩渺汉江多宽广,不能泅渡空惆怅。长江水流湍又急,木筏怎能渡过江。

扬之水先生曾写道："《诗》写男女，最好是这些依依的心怀，它不是一个故事一个结局的光明，而是生命中始终怀藏着的永远的光明。它由男女之思生发出来，却又超越男女之思……以其本来具有的深厚，而笼罩了整个儿的人生。"

能心怀"永远的光明"的人生何其有幸。《汉广》正是这样一首诗，永恒的哀愁诞生永恒的光明。《淮南子》说："乔木上竦，少阴之木。"树虽然高而美，却因为少阴凉，不适合人在树下歇息。有了这一句铺垫，后文的咏叹调更显隽永深长，《汉广》的诗意正在于"不可求"，主人公知道人生有不可求得的事情。

按照多数学者的意见，此诗抒情主人公是位青年樵夫。他钟情于美丽的游女，却始终难遂心愿，情思缠绕，无以解脱。面对浩渺的江水，他唱出了这首动人的歌，倾吐了满怀愁绪，展示了细微的情感历程：从希望到失望，从幻想到幻灭。"汉之广矣，不可泳思。江之永矣，不可方思。"全诗三章的起兴之句，传神地暗示了作为抒情主人公的青年樵夫伐木刈薪的劳动过程。"不可求思"正是诗情起处，戴君恩曰："此篇正意只'不可求思'自了，却生出'汉之广矣'四句来，比拟咏叹，便觉精神百倍，情致无穷。"

《汉广》不是简单地说汉水之广，而是以"汉之广矣"作为诗的起兴，以水河漫漫的虚指，诉说距离遥遥。《汉广》的主人公似乎只能隔着江河的距离看那佳人，其实，也许更是隔着身份、年龄、家族，甚至是隔着生死的距离看心中的那个人。

这样遥不可及的距离，会使人格外心灰意冷吗？不，如果读《汉广》只读出心伤和沮丧，就实在辜负了这支咏叹调悠长的韵味。《汉广》这首诗，传达了古人对待"距离"的一种态度，这种态度，叫作敬意。距离带给人们时间和空间上足够的思量。从对爱人深邃的遥望中生出对距离的充分接纳与敬重,而这也是对因缘与命运的敬畏。《汉广》面对有距离的感情,绝非怨天尤人,他所感到的并非绝境,而是人面对浩渺人世时的本能的谦卑。《汉广》实非绝望之语,而是深情流连。只有对情感体察透彻的人,才会明白"不可方思""不可求思"也是一种慈悲。"刈其蒌""秣其驹"则是每个人在爱的路上所做的修行。能吟咏出这样诗句的人又怎会真正幻灭?

今天再读这首诗,体悟到的情境竟与曹操的《观沧海》异曲同工,"水何澹澹,山岛竦峙",在秋风萧瑟中,大海汹涌澎湃,浩渺接天。那是一个人的沧海,那是一个人的汉江。孤独何惧?只要内心有信仰,人生就有救,而领悟了"不可求思""不可泳思""不可方思"实则是在救自己。

古诗词中写暗恋的不少,比如曹植所写的《洛神赋》。曹植爱慕自己的皇嫂甄宓,但斯人已逝,此生将永不可再见,于是情感和政治均失意的曹植,在从京师返回驻地的路上,恍惚间似乎看到洛水中的一位女神出现,而这位女神,正是他朝思暮想又始终不可得的甄宓。在记录这一梦幻场景的《洛神赋》里,他写道:"其形也,翩若惊鸿,婉若游龙。荣曜秋菊,华茂春松。髣髴兮若轻云之蔽月,飘飖兮若流风之回雪。远而望之,皎若太阳升朝霞;迫而察之,灼若芙蕖出渌波。"能配上这样风华绝代的描述的,不是人间女子,是世外仙姝,所以那是作者的一个梦,与其说是在写对方的美好,不如说是在写自我的期盼。爱神,其实是爱被神净化了的自己的状态。

而《汉广》里表达的神往也是净化自我的过程。当诗中的男子面对江那头他的汉水女神时,心中想的全是他力所能及的美好事情:"翘翘错薪,言刈其楚。之子于归,言秣其马",他想到的是喂马、劈柴、守护她的世界春暖花开。在这个过程里,追求"神"本身并非目的,神只是一个引领人走进美好世界的媒介，是对人的唤醒。"不可"——是一种遗憾也是一种成全。因此，不妨把《汉广》的吟唱，看作一个梦境，但愿长醉不复醒。

今天的人们，也习惯性地把自己心仪爱慕的人包括影视剧偶像统统称为"男神""女神"，但是这里面戏谑、虚构的成分多一些，现实生活中哪有那么多的神。古典时代的神是可以让人抵达诗和远方的，而浮躁年代受功利主义影响的情爱关系，更多的人则把"不可求思"演绎为"吃不到葡萄就说葡萄是酸的"。

再看一些著名的诗词："相思了无益，悔当初相见。"（朱彝尊《忆少年·飞花时节》）"多情只有春庭月，犹为离人照落花。"（张泌《寄人》）"山有木兮木有枝，心悦君兮君不知。"（《越人歌》）"天长地久有时尽，此恨绵绵无绝期。"（白居易《长恨歌》）"蜡烛有泪还惜别，为君垂泪到天明。"（杜牧《赠别》其二）……虽深情款款，但大多是幽怨叹惋之辞。这是真实的世情，但不应该是永久的宽广的人性。李商隐写"此情可待成追忆，只是当时已惘然"，终于开阔了一点，但终究还是比不过《汉广》。

王士禛认为，《汉广》是《诗经》中为数不多的几篇"刻画山水"的诗章之一，是中国山水文学的发轫之作。当然，空灵象征能提供广阔的想象空间，而具体写实却不易做审美的超越。钱锺书的《管锥编》论"企慕情境"这一原型意境，在《诗经》中以《秦风·蒹葭》为主，而以《周南·汉广》为辅，其原因或许就在于此。

"企慕情境"不仅仅指男女之情，更指涉人世的爱与悲悯。

人类历史上另一部伟大的诗作《神曲》也是源自诗人但丁的一段无望的暗恋，他将自己一生单相思的少女，年纪轻轻就去世的姑娘比阿特丽斯，安排到天堂的最高境界。比阿特丽斯因此成为但丁真正的天使，在梦中,她带领但丁游历了天堂。

> 从我这里走进苦恼之城,
> 从我这里走进地狱深渊,
> 从我这里走进幽灵队里,
> 正义感动了我的创世主。
> 我是神权、神智、神爱的作品。
> 除永存的东西外,在我之前无造物。
> 我和天地同长久。

有段话说得很好:"关于伟大的爱的记忆是永远不会从心中死去的。它提供了一块能抵御所有风暴的镇船之宝。虽然它带给我们一种无法言说的悲痛,但它也给予了我们一种无法言说的平和。伟大的爱是一种痛苦,也是一种祝福与恩赐。"是的,《汉广》的深挚情怀完全配得上"伟大"二字。谁说"不可求思"不是一种恩赐呢?

顾随先生给予《汉广》格外高的评价:

> 《汉广》不是素诗,比素诗还要高,无以名之,强名为经。经者,常也,永久的不变。《关雎》《桃夭》是写恋爱的成功,此篇是写失败。……恋爱有两面,不是成功便是失败,若是颓丧、嫉妒,皆是"无明"。看《汉广》多大方,温柔敦厚,能欣赏,否则便不能写这一唱三叹的句子。不颓丧又不嫉妒,写的是永久的人性。

顾随提到"素诗",谓"千古素诗诗人只有陶渊明,王、孟、韦、柳各得其一体"，这是对陶诗的高度褒奖，"古今中外之诗人所以能震古烁今流传不朽，多以其伟大，而陶公之流传不朽，不以其伟大，而以其平凡。他的生活就是诗，也许这就是他的伟大处，浅显而深刻"。顾随先生的美学标准由此可见一斑，他更称颂的是平凡者之歌；而《汉广》更胜于素诗，似乎可以这样理解，它不光平凡，更在于它既是一首平凡的失败者之歌，又是一首伟大的哀歌，哀而不怨。"不可求思"是我们命运的一部分，或者说就是命运本身。

塞林格有个短篇小说叫《破碎故事之心》，写一位男子对公交车上碰到的女孩雪莉一见钟情，同样的"不可求思"。他为了能有机会与她对话，铤而走险"偷"她的包而把自己送进了监狱。"有人认为爱是性，是婚姻，是清晨六点的吻，是一堆孩子，也许真是这样的，莱斯特小姐。但你知道我怎么想吗？我觉得爱是想触碰又收回的手。"这是在狱中男主人公写给女孩的信，而"爱是想碰触又收回的手"不仅成为塞林格小说中的佳句，更成为对不可得之爱的最传神的表述之一。

很多人喜欢把爱比作信仰，或许是为了强调情感的神圣庄严。如果非要作比，我觉得，爱情中痛苦的、无能为力的、局限性的部分更像宗教，无论信仰多么伟大，人得接受自己的渺小，在爱中修正自我，愿意进化为更好的人，也才能接受所有无常。佛教中讲"因缘"，同时也讲要依靠"自性佛，自性觉"，皈依"自性净"，皈依自我而不是皈依他。《汉广》对我们的启发也是如此，那些辽阔的爱就在我们体内，"一切有为法，如梦幻泡影，如露亦如电，应作如是观"。纵然无果，也是修行。

《汉广》的超脱是不局限于男女之情，而是对于广袤的人生而言，"不可求思"也是我们体内不可驯化的那部分。正是这一部分，把"我"与"许多人"区分开，也许这部分自我并不强大，也不够美好，但不妨碍"我"去爱，去与虚无抗争。

米兰·昆德拉有一语:"当生活在别处时,那是梦,是艺术,是诗,而当别处一旦变为此处,崇高感随即变为生活的另一面——残酷。"

不只爱人在别处,梦境与生活都在别处。所以,不如相忘于汉水边吧,那山长水阔的情意,虽败犹荣,无须泅渡。

她们的孤独是一座花园
——未见君子，惄如调饥

遵彼汝坟，伐其条枚。未见君子，惄如调饥。
遵彼汝坟，伐其条肄。既见君子，不我遐弃。
鲂鱼赪尾，王室如毁。虽则如毁，父母孔迩。

《周南·汝坟》

大意：

沿着汝河堤岸走，采伐山楸那枝条。还没见到我夫君，忧如清早忍饥饿。

沿着汝河堤岸走，采伐新长的树枝。终于盼到夫君归，请莫再将我远弃。

鲂鱼尾巴色赤红，王室事务急如火。虽然有事急如火，身边父母需养活。

这短短的一首诗，其中所包含的情感十分丰富，其心路历程很复杂。在高高的汝河大堤上，有一位凄苦的妇女，正手执斧子砍伐山楸的树枝。采樵伐薪，本该是男人担负的劳作，现在却由妻子承担了。其缘由便是"未见君子，惄如调饥"，她的丈夫外出行役已久，这维持生计的重担就落在了妻子肩头。"惄"者忧也，"调饥"者朝食未进也。"调饥"还有一层意思，它在先秦时代往往被用作男欢女爱的隐语。而今丈夫常年行役，他那可怜的妻子，享受不到丝毫的夫妻之乐。这便是首章展示的女主人公的境况：孤苦无依、忍饥挨饿，大清早采樵伐薪。

日子一天天过去，她在劳作中独自等待。"遵彼汝坟，伐其条肄"，"肄"指树木砍伐后新长的枝条，春去秋来又熬过了一年。看似平淡的八个字，中间蕴藏了多少不为外人所知的苦衷。"既见君子，不我遐弃"，久役在外的夫君终于回来了，她没有欢呼雀跃，沉淀太久的渴盼已让这种见面带着些许悲剧感，喜悦与苦涩参半。《诗经》中还有另一首诗《郑风·风雨》也写到了"既见君子"，"风雨如晦，鸡鸣不已。既见君子，云胡不喜？"这首诗写妻子乍见久别的丈夫时的心情，诗人善于言情，又善于即景以抒怀，把这位妻子刹那间感情的起伏变化表达得淋漓尽致。不得不说，古人如何处理诗歌中的时间发展与人物心态变化是我们当前许多诗人要学习的核心技艺。在《秦风·晨风》中，同样出现了"未见君子"，"未见君子，忧心钦钦。如何如何？忘我实多"。诗中"未见君子"的复杂情愫意味深长。相比之下，"既见君子，不我遐弃"的情绪更收拢婉曲一些，不是那种大开大放的喜悦，思念太久后的见面往往显得不是很真实。女主人公的疑虑并非多余，后文即以踌躇难决的丈夫口吻，无情地宣告了他还得弃家远役，正如劳瘁的鲂鱼摇曳着赤尾而游，在王朝多难、事急如火之秋，丈夫不可能沉浸于温柔之乡。形象的比喻，将丈夫的远役渲染得如此窘急，可怜的妻子欣喜之余，很快又跌落到绝望之中。"虽则如毁,父母孔迩。"是她于万般无奈中向丈夫发出的凄凄质问:家庭的夫妇之爱纵然已被无情的徭役毁灭,但是濒临饥饿绝境的父母呢,他们的死活怎能不顾?

然而,真正的重逢有时是一场悲剧的开始,人因为无法跑过时间,才要设置各式各样的告别与重逢,只因时间太快,又太容易冷却。再不告别就晚了,再不相见就老了。"未见君子"与"既见君子"表达的是等待与相见的凄婉情愫,更深层面上,更像是一则残酷的关于时间的寓言。

茨威格有一个小说叫《昨日之旅》,主人公路德维希爱上了他上司的太太,不,应该是他们相爱了,"他用目光抚摸着夫人的手曾经触摸过的各种物件,每个物件都有幸承载着夫人的存在所赋予的一丝幸福,夫人就存在于这些物件中……"而"这个女人,他心爱的这个女人,在这样的时刻撼动她的灵魂之前,想必早已爱上了他……"

这种爱既强大又新鲜,因为带有"偷情"的色彩,这份爱只供他们二人私享。为什么所有的不伦之恋都是如此凛冽,大概就因为不能众乐乐,二人吃一顿饕餮大餐,势必会吃撑吃坏。可是我们的这两位主人公在意乱情迷的紧要关头,显示出了惊人的自制力,尤其是这位夫人,说"我不能在这里,不能在他的宅子里做这事。等你再来的时候,你什么时候要都可以"。

什么时候能再来呢?他即将告别,于是,愣是压制住滚烫的鲜血和奔流的情欲……然后,奔赴远方。

一旦告别,便是遥遥无期了。战争爆发,切断了一切音讯,深深大西洋的深深伤心,他娶妻生子,等他再次回来的时候,已经是九年之后。我在想,他来了,见到她,说什么呢?或者,他还来做什么?好吧,作为摩羯座读者我实在太无趣了。他来了——在彼此的青春都迟暮之时。

如果在含蓄蕴藉的东方，相爱别离后的重逢可能会是"欲语泪先流"或者"相顾无言，唯有泪千行"的情景，不过，这都是古典诗词里的情愫。而现实中，最可能发生的顶多就一句："你还好吗？"

既见君子，此前所有的"好"和"不好"都不重要了，那只是生活的道具。

九年后，他已为人夫人父，而他曾经的上司也去世了，夫人依然是老样子，当然，稍稍老了一些。"她那依然左右分开的头发，左边已夹着银丝"，"他痛饮夫人如此熟悉的嗓音，依然感觉到这无比漫长的岁月中所感受的干渴"，夫人向他问候："你来了，你可真好！"

呀，这句话可比"你还好吗？"听上去温柔多了，"你来了，你可真好！"你可是洞悉我的相思而来？你可是为我们炽烈的哪怕短暂的过去而来？你可是为了继续与我相爱而来？……也许，你只是路过。可是，你来了，你真好。

"未见君子"是一首时间的悲歌，而不是爱情悲歌。爱情可以永远是现在式，而时间总是过去式。爱情的悲伤在时间面前也只是一束光的影子。而我在唏嘘的同时，又感谢这样的悲歌一次次将我拉回那些久远的时空记忆。当时间如大浪淘沙，依然有一些勇敢的心毫无顾忌地选择爱，选择与荒谬的人生进行哪怕是短暂的对峙。时间总是轻而易举地就将人抛却了，人却在恋着时光，尤其是在爱情面前，爱情的虚弱之处在于无法战胜时间，可是，为什么一定要战胜呢？世界上所有的悲歌都如此，最终都不过是与自我的抗争。谁又不是在人世间"遵彼汝坟，伐其条枚"？只为了某一天能"既见君子"。

《毛诗序》以为此诗是赞美"文王之化行乎汝坟之国，妇人能闵其君子犹勉之以正也"，近人大多不取毛、韩之说，而解为妻子挽留久役归来的征夫之作，笔者以为此解似更切近诗意。前人论《汝坟》，是以二《南》为基础，认为二《南》之诗皆为文王之诗，周公、召公之诗。朱熹将《郑风》的某些诗篇定为淫声，之后《诗经》学史上为这个定论争执了近千年。到了闻一多，他开始研究《诗经》的性欲观。相关的论文有《高唐神女传说之分析》《诗经的性欲观》《说鱼》等。闻一多说："现在我们用完全赤裸的眼光来查验《诗经》，结果简直可以说'好色而淫'，淫得厉害。当然讲《诗经》淫，并不是骂《诗经》……我们要读出这样一部《诗经》来，才不失那原始文学的真面目。"具体到《汝坟》这篇，闻一多认为《诗经》中的鱼是指男子或女子，是情欲的象征，"鲂鱼赪尾""惄如调饥"便是人性情感的返璞归真。有观点依据生物学，说鱼在春季交尾时，尾巴发红，以吸引异性，因此，有的研究者认为《汝坟》是一首以鱼隐喻性爱的诗歌。

　　一首好的诗歌可解读的层面是繁复多义而深沉的，无论是脱去文王之化还原人性，还是赋予其阶级批判色彩，痛斥惨苛的政令和繁重的徭役让百姓苦不堪言，都不足以表达这首诗整体的诗意。"未见君子"与"既见君子"才是此诗情感最动人之处，也更能凸显古代"留守妇女"的精神困境。

　　作为中国历史上最著名的留守妇女孟姜女，她的故事已流传千家万户。万喜良因躲避秦始皇抓壮丁修长城而误入孟姜女家，姻缘得以缔结。但美好姻缘终抵不过历史洪流，被抓壮丁修长城是万喜良的历史宿命，作为留守妇女的孟姜女不甘命运安排千里寻夫，终于在长城脚下打听到夫君万喜良早就劳累致死，于是直哭七天七夜导致长城倾倒八百里，惊动秦始皇。孟姜女因不肯顺从始皇帝，最终抱着万喜良的遗骨纵身入海。如今河北省秦皇岛市山海关区的望夫石村后山岗上屹立着孟姜女庙，又称贞女祠，就是为了纪念孟姜女而建。

　　古代还有另外一种留守妇女，就是《琵琶行》中的"商人重利轻别离"。

商人常年奔波在外，他们的妻子则留守家中成了留守妇女团体的主力。随着明清通俗文学的流行，这类留守妇女的私生活成了坊间茶余饭后的谈资，她们的深深庭院成了想象中风流韵事的温床。比如著名白话小说《蒋兴哥重会珍珠衫》中的女主人公王三巧，就是这样一位留守妇人。小说中最令今人不能理解的就是男主人公能原谅偷情的妻子。当发觉妻子已跟别人有私情时，他首先责怪的是自己，然后把妻子骗回她娘家，和平地休了她。三巧再嫁吴县令做妾时，蒋兴哥送上了当时王家的十六箱陪嫁。后蒋兴哥因官司牵连，由吴县令断案，夫妻才得以重会，百感交集之际也感动了吴县令，让他们夫妻二人破镜重圆。蒋兴哥理解妻子，也理解人性中的"不得已"，这正是作者所要歌颂的。要达到这一思想境界，不是件容易的事，即便放到今天也难能可贵。如今把妻子、恋人当作私有财产对待的人大有人在，不得不叹服冯梦龙先进的文学观和两性观。他认为："虽小诵《孝经》《论语》，其感人未必如是之捷而深也。"(《古今小说序》)所以才要"借男女之真情，发名教之伪药"。

"真情"几乎是所有文学作品的内核，关于《诗经》，撕下某些伪诗教的面纱后，温柔敦厚的情感才是最能激起人们的共鸣的东西。

再说几句题外话。在写作这个话题时，我曾在百度上搜索"留守妇女"，本是为了检索相关的社会调查，结果显示的皆为"寂寞难耐""滥情""风流韵事""二奶村"等一系列不堪入目的词语，而全然不顾及其处境与尊严。一些严肃的社会问题沉没在各种无良链接及无处不在的商业推广中，沦为满足看客猎奇心理的奇闻逸事。当代农村留守妇女是一个被严重误解和忽略的弱势女性群体，当下中国的女权主义在很大程度上还只是为城市中产阶级女性代言，而农村留守妇女这一弱势群体的权利及其生存状况远远没有得到足够的关注。忆古思今，当代社会应该对留守妇女提供怎样的制度保障和精神支援，又应该如何从根本上消除留守的悲剧，这些问题都值得思考。

把"未见君子，怒如调饥"肤浅地解读为"夜半寂寞有谁懂"，固然不能算错。但若只停留在感观层面，这流传两千多年的诗词中的古典情感也就荡然无存了。诗可以表达最真的欲望与最深的绝望，表达欲望也并不可耻，而诗的高贵在于可以拯救欲望与绝望，不致使其跌落尘土。"孤独是一座花园，但其中只有一棵树。绝望长着手指，但它只能抓住死去的蝴蝶。太阳即使在忧愁的时候，也要披上光明的衣裳。"（阿多尼斯《我的孤独是一座花园》）

爱情住在什么地方
——维鹊有巢,维鸠居之

维鹊有巢,维鸠居之。之子于归,百两御之。
维鹊有巢,维鸠方之。之子于归,百两将之。
维鹊有巢,维鸠盈之。之子于归,百两成之。

《召南·鹊巢》

大意:

喜鹊在树上筑好巢,鸤鸠来居住。这位姑娘要出嫁,百辆马车迎接她。

喜鹊在树上筑好巢,鸤鸠来侵占。这位姑娘要出嫁,百辆车子护卫她。

喜鹊在树上筑好巢,鸤鸠来占满。这位姑娘要出嫁,百辆车子促成婚。

有一次家庭聚会，在某酒店，中午去的时候刚好大厅里在举行婚礼，司仪正慷慨致辞。一眼望去，这场婚礼规模不算大，现场布置奢华典雅，现场气氛亦温馨喜庆，充满欢声笑语。

彼时，新郎和司仪正站在台上，司仪抖着各种"包袱"，而红毯的那一头，站着新娘和她的父亲。我从过道经过去包间，路过新娘时她浓妆下一副模棱两可的表情，兴许是准备婚礼累的？这年头结婚可真是个体力活，从装修新房到操持婚礼，若是小夫妻两人亲力亲为，可真是十分不易。这个过程如若再与长辈或家庭其他成员发生分歧，更让人心力交瘁。此时，站到这里，按照当下婚礼流行的模式，正在彼此宣誓，很多人都禁不住落泪，我真的不知道其中激动、感动的成分有多少，相比浩瀚的人世，一场仪式的分量究竟多重。

就在我与新娘对视的一瞬间，她赶紧别过头去，我也赶紧躲开。有时候，不要说陌生人，就是熟人之间突然交换眼神，也是让人尴尬或者不安的。作为路人甲，我并没有打量观摩她的意思，我也无意揣测一对新人背后的故事，但突然就忆起了这句"之子于归，百两成之"。

这首赞美婚礼的歌，评论中有一种观点，鹊与鸠并不是喻新郎新娘，就是自然界的两种鸟，且此诗的叙述者正是与婚礼无关的路人甲，他无意中看到一场婚礼，于是有所联想有所感触，便作了此诗。

这首歌是咏贵族女子出嫁的，对后世产生较为深远的影响。所描绘的并不是土豪范儿婚姻场面，而是贡献了"鸠占鹊巢"这个词，本意指女子出嫁，住在夫家，后又引申为强占别人家园或位置。"鹊喻弃妇，鸠喻新妇"，表达了一个为家操劳，却遭丈夫遗弃的妇女无比哀怨的心情。《诗经》中这类妇女很多，如《邶风·谷风》。由此可见，相比隆重和谐的气氛，大家对"鸠占鹊巢"更有一种猎奇的兴致。古代的女子，只能被这些单一的标签归置，比如思妇、弃妇、新妇。在有更多女性可以掌握话语权的今天，许多姑娘们对此都不屑一顾："谁的现任不是别人的前任？"在感情里，谁又能完全避免"鸠占鹊巢"？

娶了白玫瑰，红玫瑰便成了他内心惋惜的鸠，有多少未成眷属又彼此相爱的人曾承诺"你永远住在我的心里"。更煽情、技术含量更高的说法是，男子表态"我已经在心里娶了你"，这听起来简直比真的娶了更打动人。真假不论，正是这种无能为力升华了的鸠鸟之情。胡兰成曾写道："一夫一妇原是人伦之正，但亦每有好花开出墙外，我不曾想到要避嫌，爱玲这样小气，亦糊涂得不知道嫉妒。"世人多批评胡兰成情感上的龌龊，这句话却几乎"知耻近乎勇"了，道出了人性中残忍、善变又真实的部分。面对这种善变，他选择不辜负自己，所以也仅仅是"对爱玲稍觉不安，几乎要惭愧，我待爱玲，如我自己，宁可克己，倒是要多多照顾小周与秀美"。好一个"克己"啊，什么样的极品之人才能写出这种话？不过我倒没有其他女作家那么义愤填膺，替张爱玲女士打抱不平，但也纳罕他哪里来的这种沾沾自喜的底气。后来看多了爱情故事，发现两性关系中更忠实于自我的人，反而是爱得轻松的那个人。当然，这也可以叫作自私。

酒店的隔音效果太差，大厅一举办婚礼，其他包间也十分嘈杂，根本没办法正常聊天，许久没见的亲戚也只能隔着座位讷讷地喊话寒暄。在一个异常喧闹的环境中，吃饭不再是愉悦，而是变成负担，至少我是这样。也许，这跟"不在场"有很大关系，如果我们也是宾客，身临现场又是另一种体验吧，而此时旁观，那些觥筹交错之声就成了噪音。这时，亲戚一脸不耐烦地说："现在小年轻婚礼都搞这么隆重，不过是给亲友表演罢了，该离还不是得离。"大家面面相觑，克服噪音笑着岔开话题。

我方才意识到：这位亲戚正是离异单身的，而她当年的婚礼，也是相当隆重。

很多人把结婚看成感情的结果，其实，缔结婚姻才是一段感情的开始，而婚礼，也是这个开始的象征，对着亲友广而告之"时间开始了"。相比婚姻生活的鸡零狗碎，烦琐的婚礼仪式又算什么呢？

消费时代，不光有媒体报道的各路明星奢华的婚礼派对，普通人"之子于归，百两御之"的婚礼也并不少见。

记得我小时候，若是谁家有婚礼，小孩子们是最喜欢去看热闹的。20世纪90年代城乡接合部的婚礼宴席基本跟农村的流水席差不多，在工厂的家属院里或者自家院子里，搭起棚帐，露天厨房、砖砌泥灶、简易的"案板"、大锅、大碗、八仙桌等，宾客们一波接着一波地入座。左邻右舍都来帮忙，那种幸福的氛围和那股热闹劲儿，跟逛庙会差不多。

流水席卫生条件不过关及乡村婚礼闹洞房的陋习被太多人诟病，所以现在很多农村青年结婚也首选在酒店办婚礼，酒店貌似多了些仪式的庄重感。跟农村闹洞房一样触目惊心的，还有"天价彩礼"。几年前，一张"全国彩礼地图"在网上走红，引发热议。这张地图根据各地的调查数据，标注了娶亲成本，不光一线城市，一些省份的二线城市基本都是十万起价，另外还得配备房、车。在这样一个明码标价的婚恋市场，即便在西藏生活的藏族男子，他们娶新娘也需要送数量不等的牦牛（八千元至一万元一头）、羊或者汽车。

外面的司仪终于开始宣读那段人们耳熟能详的句子："无论富贵贫穷，无论健康疾病，无论人生的顺境逆境，在对方最需要你的时候，你能不离不弃直到永远吗……"

桌上几个小孩恶作剧地先新娘一步喊道"我愿意"，连小孩儿对此婚礼套路都司空见惯了。婚礼上为什么要说出"我愿意"？与其说是表达对彼此忠诚的承诺，不如说是一种期待吧，"我愿意"与"我一定能做到"并不是一回事。国内现在常见的中西合璧式的婚礼,毕竟缺少文化上的认同感。一场属于熟人社会的狂欢,"吃好喝好"听上去比"我愿意"更真诚呢。这时候现场突然想起了熟悉的旋律《灰姑娘》,我心里嘀咕:"这不是郑钧写给前妻的歌吗,婚礼上放合适吗?"作为细节控,我真的不止一次在别人的婚礼上听到"不合时宜"的曲目,此类唱给前任的歌还有周杰伦的《说好的幸福呢》、陈奕迅的《好久不见》,等等,婚礼选音乐也是一门学问啊!

再来说说那些另类的婚礼,我印象最深的是三毛的一篇文章《结婚记》,少女时读觉得憧憬极了,"由我住的地方到小镇上快要四十分钟,没有车,只好走路去。漫漫的黄沙,无边而庞大的天空下,只有我们两个渺小的身影在走着,四周寂寥得很,沙漠,在这个时候真是美丽极了。'你也许是第一个走路结婚的新娘。'荷西说。'我倒是想骑匹骆驼呼啸着奔到镇上去,你想那气势有多雄壮,可惜得很。'我感叹着不能骑骆驼"。走路结婚的奇女子三毛毕生都为爱而生。

有时候觉得被物化的人生索然寡味,读诗也是如此,假如只是按"写实"去理解则少了很多憧憬。就算此时没有豪华的婚礼、婚车、婚房,但我从此住在你心里了呀,所以我并不赞同说这首诗写的一定是贵族的婚礼,"维鹊有巢,维鸠盈之。之子于归,百两成之"。怎么就不能是一种想象呢?普通人的婚礼固然没有豪宅豪车,而年轻时,即使物质条件贫瘠,仅仅有爱,就容易生出没有由头的豪气。这种豪气,让双方觉得天地都是他们的,更何况区区车马?正如若干年后雀巢咖啡的广告语——"只与最爱的人分享"。所以,是鸠占鹊巢,还是鹊占鸠巢并不重要,重要的是,遇到愿意在尘世中与你分享一切的人。

经历了风尘的中年男女,更愿意相信"没有很多爱也要有很多钱",也格外在意仪式感,即便某些仪式充满了繁文缛节,但仪式感为每一个普通的日子注入了不一样的精神内涵。对普通人而言，它庄重而有意义，给蒙尘的琐碎日子洒上了光芒，不一定要多铺陈奢华，只要用心去雕刻时光。像《小王子》里说的："仪式感是经常被人们遗忘的事情，它能使某一天与其他日子不同，使某一个时刻与其他时刻不同。"仪式感的初心本就是记录有温度的日子，那些浪漫的仪式之所以存在至今，是因为它已在时间长河的淬炼中成为一种象征，因此我们有理由相信"维鹊有巢，维鸠盈之。之子于归，百两成之"的赞美之歌也将继续传承。

装睡之人叫不醒
——求我庶士,迨其吉兮

摽有梅,其实七兮。求我庶士,迨其吉兮。
摽有梅,其实三兮。求我庶士,迨其今兮。
摽有梅,顷筐墍之。求我庶士,迨其谓之。

《召南·摽有梅》

大意:

梅子成熟纷纷落,树上还留七成。有心追求我的小伙子,请不要耽误良辰。

梅子成熟纷纷落,枝头只剩三成。有心追求我的小伙子,要趁今天好时辰。

梅子成熟纷纷落,收拾要用簸箕。有心追求我的小伙子,快些开口莫迟疑。

木心写过一篇小说《芳芳 NO.4》。"芳芳"是"我"的学生，虽是侄女的同学，几乎也算同龄人，于是乎，"三小无猜"。

她举止颇多僵涩，谈吐亦普普通通，偏在信上妙语连珠。我回信时，应和她的风调，不古不今，一味游戏。好在没有"爱"的顾虑。我信任"一见钟情"，一见而不钟，天天见也不会钟……她是不知道的，我却撒不开地留意她的变化，甚至不无遗憾地想：如果当年初次见面，就是这样的一个人……

虽然"相识已五年，尽管通过许多言不及义的俏皮信"，但"芳芳的心向我是不知究竟的，只看到她不虚伪，也不做作"，终于又收到一封信——

这信……重读一遍，再读一遍，从惊悦到狂喜。信最后她写道："即使不算我爱你已久，但奉献给你，是早已自许的，怕信迟到，所以定后天（二十四日），也正好是平安夜，我来，圣诞节也不回去。就这样，不是见面再谈，见面也不必谈了。我爱你，我是你的，后天，晚六点正，我想我不必按门铃 。"

终于还是芳芳先表白了。

木心接下来写的，大概是所有"女追男"情形中被追的那个人的心思，既有暗喜，又有忐忑，还有一些小小的不屑的胜利感。大概男人还是更愿意担当主动进攻的那一方，这是由雄性种族的特质决定的，即便示爱的女方也是自己钟情的人。

以我的常规，感到有伤自尊，她就有这样的信念，平安夜圣诞节一定是赋予她的？她爱我，不等于我爱她。我岂非成了受命者。赴约,她是赴自己的约,说了"我是你的",得让我也说"我是你的",就不让我说?就这样?

即便傲岸旷达如木心(如果主人公是他本人的话),也会发出此疑问:"我有什么优越性使她激动如此?"

然而,疑虑归疑虑,也是男人身上的动物性,让他决定在疑虑中迎接她。

"是六点正,是她,是不必按门铃。"——这句写得多好啊,如果没有后面的故事。

若干年后(十四年不见),这样一个曾经如此美好过的芳芳,再见面时,木心写道:"(她)头发斑白而稀薄,一进门话语连连,几乎听不清说什么,过道里全是她响亮的嗓音,整身北方穿着,从背后看更不知是谁……"

读来令人唏嘘。这固然只是一篇小说,我无意对号入座揣测木心先生的情感观,但并不喜欢篇中的"我"把自己搁在某个制高点的叙述姿态。虽然作者试图表达得相当清淡,曾经的"钟情"经历岁月涤荡后变为"从背后看更不知是谁"……果然"人生若只如初见",当初心不再的时候,倒不如承认"人生若只如不见"。

《摽有梅》这首情诗被有的学者戏称为"大龄剩女之歌"。"求我庶士",不妨理解为"我求庶士"。暮春,梅子黄熟,纷纷坠落。一位姑娘见此情景,敏锐地感到时光无情,抛人而去,而自己青春流逝,却嫁娶无期,便不禁以梅子比兴,情真意切地唱出了这首怜惜青春、渴求爱情的歌。无论是一见钟情、再衰三竭,还是"一见而不钟,天天见也不会钟",女追男倒是很多宅男期待的爱情打开方式之一。

此篇的诗旨、诗艺和风俗背景,前人基本约言点出。《毛诗序》曰:

"《摽有梅》,男女及时也。召南之国,被文王之化,男女得以及时也。""男女及时"四字,已申明诗旨。《周礼·媒氏》曰:"仲春之月,令会男女。于是时也,奔者不禁。若无故而不用令者,罚之。司男女之无夫家者而会之。"明白了先民的这一婚恋习俗,对这首情急大胆的求爱诗,就不难理解了。陈奂则对此篇巧妙的比兴之意做了简明的阐释:"梅由盛而衰,犹男女之年齿也。梅、媒声同,故诗人见梅而起兴。"(《诗毛氏传疏》)龚橙《诗本义》说:"《摽有梅》,急婿也。"一个"急"字,抓住了此篇的情感基调,也揭示了全诗的旋律节奏。

另一种解释以欧阳修、杨简等人为代表,认为此诗乃男女失时之诗。欧阳修《诗本义》说:"自首章'梅实七兮',以喻时衰,二章、三章喻衰落又甚,乃是男女失时之诗也。"杨简《慈湖遗书》说:"《摽有梅》,男女失时,诗章甚明。"但他们又都接受《毛诗序》"召南之国,被文王之化"的说法,认为虽然男女婚姻失时,但又不敢萌发淫奔之意。朱熹的观点与他们接近。有学生问朱熹:"为什么女子盼嫁如此急迫?"朱熹回答:"这也是人之常情嘛。"

在先民眼中,男婚女嫁,是阴阳之纲纪,是繁育之前提,因而是一件需要郑重对待的大事,也因而有着诸多的规定。根据先秦文献记载,我们可以知道,古时婚嫁,既有婚年的要求,又有季节的要求。《礼记》有云:"女子十五许嫁而笄。"也就是说女子十五岁是及笄之年,自此也进入婚配年龄。通常男子三十不娶则为"鳏",女子二十而未嫁是为"过时"。按这个标准,恐怕古时的早恋不但不被禁止,反而要被鼓励。一旦过了婚嫁的年限或者过了嫁娶的季节都被称为"失时"。古代人们对于婚姻失时的恐惧远远甚于现代,由于女性的适婚年限相比于男性要短得多,因此女性的苦闷与焦虑尤甚。

《毛传》有云:"春,女悲;秋,士悲。感其物化也。"郑玄注:"春女感阳气而思男，秋士感阴气而思女，是其物化，所以悲也。悲则始有与公子同归之志，欲嫁焉，女感事苦而生此志。"孔颖达的注解上承毛传之意："春则女悲，秋则士悲，感其万物之化，故所以悲也。因有女悲，遂解男悲，言男女之志同，而伤悲之节异也。"这都表明了《诗经》时代的女子对于婚姻失时的恐惧。这种"失时之惧"在《诗经》中典型的表现莫过于这首《摽有梅》了。

确实，《摽有梅》一诗用双关的艺术手法生动地表现了女子追求及时婚嫁的急迫之情。她的急切，一方面是由于自己青春易逝，从而产生对青春的怜惜之情；另一方面是由于自己婚嫁的最佳时机就要过去，从而产生对诚挚爱情的渴望和对幸福婚姻的追求。全诗层层递进，既表现了时间的推进，也表现了女子主观心态的变化。"其实七兮"表示树上未落的果实还有十分之七，比喻女子的青春始衰，但年纪尚盛，也就是郑玄笺注所云："梅实尚余七未落，喻始衰也。谓女二十，春盛而不嫁，至夏则衰。""其实三兮"指树上的果实还剩十分之三，比喻女子的大好青春已经过去了一大半。"顷筐塈之"表明树上的梅子已经全部掉光，比喻女子青春不再。随着时间的推移，诗中女子的求偶之心也越来越迫切，体现了强烈的盼嫁意识。诗分三章，每章一层紧逼一层，与诗中人物心理的变化相呼应。首章，"迨其吉兮"，尚有从容相待之意；次章，"迨其今兮"，已见焦急之情；至末章，"迨其谓之"，可谓迫不及待了。

《摽有梅》作为春思求爱诗之祖，其原型意义在于建构了一种抒情模式：以花木盛衰比青春流逝，由感慨青春易逝而提倡及时婚恋。《摽有梅》作为先民的首唱之作，质朴而清新，明朗而深情。

虽说"女追男，隔层纱"，在恋爱中，女孩子的主动有时事半功倍，但这个前提当然是，对方也刚好喜欢你。这首诗的女主并不是盲目地在朋友圈打相亲广告："体健貌端，有车有房，工作稳定，无不良嗜好。"如果只是简单的恨嫁，那这首诗的主旨未免也太单薄了。很明显，她是有意中人的，只是她的意中人对她的呼唤视而不见。不管在朋友圈发了多少条信息，她其实也只是想给那一个人看，等那一个人的点赞留言。当她带着焦急和期待呼唤"求我庶士，迨其谓之"时，其实也没有几个人真的在"求"她，这就是爱情心理学上诡谲的地方。

诗中的女子已放下矜持在热切期盼，男子大概也能感知到对方的真情，却迟迟不出现，只能表明：他不是真的爱她。《他其实没那么喜欢你》这部影片，我觉得不如与时俱进译为"深撩不是爱"。爱情是自然而然生发的事情，用一个"追"字，立马显得疲惫不堪，真爱需要追吗？

自古真情留不住，总是套路得人心。男人喜欢的往往不是为他"低到尘埃里"的女人，而是那些对他不怎么在乎，但一颦一笑间有耀眼魅力的异性。所以高呼"摽有梅"的女主，究竟能否唤来她的知心人，就看对方是否真心爱你。爱固然是克制，但更应该是——当你需要的时候我就在。一个真正爱你的人，怎么会舍得让你等那么久？

好吧，就算是女追男，女主也得想明白，追男人并不是和男人的劣根性对抗，而是和人性本身的弱点对抗。人性的弱点里当然包括了怕输，包括情绪影响理性，包括投入越多越舍不得的沉没成本影响当前的判断……为了防止这些，在追求的初期，就不要引诱自己加大赌注。如果非要预计哪种女追男的情形更有胜算，《郑风·褰裳》的女主应该能胜出吧，"子不我思，岂无他人？狂童之狂也且！"（你若不再想念我，岂无别人来找我？你真是个傻小子！）毕竟，她的俏皮显示出的自信与豁达让人欣赏，即便对面的男生无动于衷也会就此罢了。姐们儿我干了，你随意。感情里的这种豪迈，是值得每个人修炼的。

"爱"是个宽泛的词。具体说来，需要爱，就是需要爱人给我们关注、认可、尊重、接纳、包容。即使那些标榜独立的人，谁又能完全不需要爱的滋养？既然人人都需要他人的爱，那么索取爱就并不耻辱，我们在爱中，都扮演过乞丐。最大的区别是，索取爱的方式不同。不同的索爱方式，决定了不同的满足度与幸福度。除此而外，钱、安全感、成就感，包括智慧，倒是需要自己追求和奋斗。所以，《摽有梅》的女主，一方面英勇地喊出了"我要"，另一方面，她需做好对方不回应甚至还会引来朋友嘲讽讥笑的准备。

有的"深情"不过是个假动作，被人虚晃一枪，或者虚晃别人一枪，然后各自绝尘而去。装睡之人叫不醒，你永远打动不了一个装着不知道你喜欢他的人，你对他的好他全盘接受，他在寂寞空虚冷的时候也会回应你，但也仅仅止于此，暧昧就是他的空气。一旦你欲明晰关系，他立马转移话题，这类人往往有浮华的皮囊和伪善的内心。这样的"庶士"，如同鸩酒，姑娘们，你有勇气喝，但你有胆量死吗？

如果说你真的要走
——不我以,其后也悔

江有汜,之子归,不我以。不我以,其后也悔。
江有渚,之子归,不我与。不我与,其后也处。
江有沱,之子归,不我过。不我过,其啸也歌。

《召南·江有汜》

大意:

江水浩荡有支流,夫君要回故里,不肯带我一同去。不肯带我一同去,将来懊悔来不及。

大江自有洲边水,夫君要回故里,不再爱我把我弃。不再与我长相聚,将来忧伤定不已。

江水滔滔有支流,夫君要回故里,不见一面就离去。不再与我相厮守,将来号哭有何益。

电影《消失的爱人》里吉莉安·弗琳有一段台词："倘若遭遇背叛，我们心知该说的台词；倘若所爱的人死去，我们心知该说的台词；倘若要扮花丛浪子，扮爱抖机灵的'聪明鬼'，扮'傻瓜'，我们也心知该说的台词。我们都脱胎自同一个陈旧的脚本。在当今的年代，做一个人极其不易，做一个有血有肉的人，而不是东拼西凑地糅合一些人格特质，仿佛从没完没了的自动售货机里挑选出种种个性。如果我们所有人都在演戏，那世上就再无灵魂伴侣一说，因为我们并没有真正的灵魂。"这段颇有莎翁戏剧韵味的独白道出了现代情感与婚姻的本质，坚守或者背叛是个问题，一如故事中的表象仍是亘古不变的围城或坟墓的困局，从激情到日常，从幻想到破灭，从相爱到冷漠到怨恨到相杀。新媒体引导下的公众舆论为一些爱情故事披上了"现代性"这件哗众取宠的外衣，但人性的进化则没那么与时俱进，在《诗经》古老的情感盛宴里，"不我以"或者"背叛"并不是什么新鲜内容。

《江有汜》一直被定义为一首辨识度清晰的弃妇诗，从诗中写到的"江""沱"看来，这是发生在召（岐山一带，周初召公的采邑）的南部、古梁州境内长江上游的沱江一带。有意思的是，这首诗的女主人公并非正妻，而是一位没有跟随"嫡妻"、"同归"（即同嫁）的"媵"。这就涉及相传盛行于春秋战国时期的"媵妾婚"制度，即古代贵族实行的一种以媵妾随嫁的多妻制婚姻。《公羊传·庄公十九年》记载："媵者何？诸侯娶一国而二国往媵之，以侄娣从。侄者何？兄之子也。娣者何？弟也。诸侯一聘九女。"这里"九"是阳数，非实指，言其多。

此诗前原有小序："《江有汜》，美媵也，勤而无怨，嫡能悔过也。文王之时，江沱之间有嫡不以媵备数，媵遇劳而无怨，嫡亦自悔也。"《郑笺》："妇人谓嫁曰归……嫡与己异心，使己独留不行。"朱熹《诗集传》云："是时汜水之旁，媵有待年于此，而嫡不与之偕行，其后嫡被后妃夫人之化,乃能自悔而迎之。"清代陈奂进一步将之具体化为"美媵","媵有贤行,能绝嫡之嫉妒之原故美之。诗录《江有汜》,其犹《春秋》美纪叔姬与嫡"(《诗毛氏传疏》)。有以上背景,就不难理解,女主为何会呼喊:"你不让我陪嫁,你以后绝对会后悔!"

媵嫁制度则成为古代婚姻制度的重要一部分。关于媵妾制的起源,有学者认为是从掠夺婚发展而来的。掠夺婚所掠不限一女,往往包括新娘的姐妹和侄女,后来就演变为"以侄娣从"的媵婚。

《诗经》中的几首婚恋诗——《召南·鹊巢》《召南·江有汜》《邶风·泉水》《齐风·敝笱》,大都描写了媵嫁的情景。我们也大多可以从像《诗经》这样的古代经典中体会到媵嫁的风俗情味。如果不将其还原至历史语境,则难以理解媵嫁背后的特殊历史内涵,所看到的无非是嫁娶的表面现象。

随着周王室权威的下降,媵妾制走向没落。媵嫁制度让我们看到了古代女子的弱势地位,看到了贵族、官僚阶层的专制性以及他们强大的支配性,也让我们更为透彻地了解了古代人的婚姻状况。在现代生活中,虽然齐人之福是很多男性梦寐以求的,但如果还存在媵嫁制度的话,现代人的婚姻将出现很多问题。

蔡澜在一次访谈中谈到婚姻制度:"以前的制度,古老的制度,不一定是很野蛮的制度,更文明也说不定。我们的制度,虽然我们是文明社会,也许很野蛮,也说不定。所以看一个问题要从多个角度来看,角度多了以后,自己就得到了解答了。"这倒是一个很有意思的视角。鉴于任何婚姻制度都有利弊,李银河老师在2017年一次演讲中提到了这样一组数据:"20世纪80年代美国和法国已经有30%的人选择不婚。截止到2015年8月,美国人16岁以上的人群,50.2%是单身。2016年我国国家民政局的数据显示,中国单身男女的人数已经接近2亿。"

李银河老师随后抛出一个很令人震撼的观点：婚姻制度终将消亡。

从人性的角度看，最吸引我的依然是女主桀骜明亮的个性。"不我以，其后也悔。""不我与，其后也处。""不我过，其啸也歌。"虽有对感情的留恋不舍，但全无所谓弃妇之幽怨，她深知自己的好，毫不屈尊。当一段感情逝去，平静的告别是对过往的尊重也是对自我的尊重。真是铁血女汉子！要是在无须被制度所奴役的现代文明社会，她绝对是那个"被分手"后潇洒转身的人，绝对不会没了爱情又输掉尊严。这让我想起我一位女友与"被分手"的前男友再次邂逅的情景。前男友后悔追忆，而她早已坦然放下，只送了一句俏皮话给他："现在看起来挺成功呀，当年你弄丢我时，我觉得你还挺失败的。"

现代社会，更多的女性经济独立，也拥有更大的自主权。然而，在遭遇"子之归，不我过"时能喊出"不我过，其啸也歌"的却并不多见。研究女权主义的学者沈睿在一篇文章中讲过已故女诗人伊蕾的故事："我跟伊蕾并不熟悉，我们只见过几面，连朋友都算不上。1990年冬，伊蕾不期而至。我当时并不知道她的'人人皆知'的故事。由于丈夫还没回家，我们有了单独相处的一两个小时，伊蕾对我讲了她的故事。伊蕾一边说，一边哭。我问她为什么不离婚算了，伊蕾说，她不想离婚，'是多么难找到一个男人！'我听了后，默然。这就是我们这些在男女平等思想中长大的女性的命运吗？伊蕾叹气，'沈睿，我三岁的时候就老了。'伊蕾就这样离开了中国。"

假如沈睿的叙述是客观严谨的，我当时读到此处的感受也是"默然"。伊蕾是20世纪80年代从女性的角度出发，书写女性的命运、自觉体验女性经验的特殊性并高扬其主体意识的最重要的几名女诗人之一，相比"你不来与我同居"，我更喜欢这样的句子："时时刻刻粉碎着自己又重新组合／你为什么这样不自信而又自信呢／在我的心中你永远是一个完美的梦幻／因为你每一秒钟都是全新的啊！"伊蕾老师是我本人非常喜欢和尊敬的女诗人，她因病已长眠于冰岛，希望前文不至于被喜爱她的诗友理解为冒犯。我想沈睿本人也无此意，她那篇题为《女权主义的性与爱》的文章颇值得一读。

"不我过"是命运的一种，在选择与被选择中培养出一些坦荡与豪迈，不失为情感中最有益的收获。今天的娱乐圈大概每天都在上演"江有汜，之子归，不我以"，无论是"且行且珍惜"，还是微博互撕，都没有了古典的蕴藉，遑论体面。

张爱玲写道："房子可以毁掉，钱转眼可以成废纸，人可以死，自己更是朝不保暮。像唐诗上的'凄凄去亲爱，泛泛入烟雾'，可是那到底不像这里的无牵无挂的虚空与绝望。人们受不了这个，急于攀住一点踏实的东西，因而结婚了。"

庆幸吧姑娘，在爱的初体验中，只要他"把你的照片还给你"，且让他先行！内心有期待的人才会喊出"其后也悔""其后也处""其啸也歌"，相比《谷风》里"不念昔者，伊余来墍"（以前的日子你都忘记了吗？你曾经也是爱过我的呀！）的叹惋，《江有汜》的澄明洒脱表达的当然不是真正的虚空与绝望。

与命运干杯

——肃肃宵征，抱衾与裯

嘒彼小星，三五在东。肃肃宵征，夙夜在公。寔命不同！
嘒彼小星，维参与昴。肃肃宵征，抱衾与裯。寔命不犹！

《召南·小星》

大意：

小小星辰闪微光，三个五个在东方。天还未亮就赶路，从早到晚公事忙。

命运真是大不同！

小小星辰闪微光，原来那是参与昴。天还未亮就出征，抛撒香衾与暖裯。

慨叹命运多悲催！

朋友圈经常会有一些刷屏的鸡汤催泪文，看到诸如这样的标题《摧毁一个中年人有多容易？》《凌晨3点不回家：成年人的世界是你想不到的心酸》……本能地并不想打开，心想无非就是一些励志又温情的抱团取暖的故事，天天加班到深夜，凌晨还在忙工作……在这个社会，努力生活的人，谁不是在拼命，谁又不曾为这样那样的原因见过凌晨的城市呢？何必如此矫情，努力与艰辛原本就是成年人的宿命。与其哀叹生之多艰，不如好好努力成长。

后来无意间点开阅读，竟然十分感动——那不是我们旁观的生活，是我们参与其中的人生。有人愿意记录下这些令人动容的瞬间，至少说明，我们看得到别人的不易，也会参照自身的努力，去与世界、与他人更好地共情、共进。

我们太熟悉这样的片段：为了抢救病人，一位医生连夜做了八个小时的手术，手术成功，他却倒在地上睡着了；一位外卖小哥因延误了时间在电梯里急得直哭，看得让人心酸；凌晨加完班回家，忘带钥匙，为了不吵醒睡眠一直不好的妻子，这位丈夫在门口睡到天亮；实习期工作到深夜，不舍得打车，等最后一班公交车，等了一个小时……生而为人，总是被各种压力裹挟着，拼命加班，不敢休息，手机随时待命，披星戴月地奋战。

早年间，蔡康永对成龙进行了一次访谈。蔡康永第一个问题是："拍电影累不累呀？"就这么一句，让成龙在节目里哭了整整十五分钟。蔡康永一时也不知所措。人前谈笑风生、铮铮铁骨的汉子，被这样一个简单的问题击溃了防线。

人生坎坷，幸而有诗。早在两千多年前，有一位星光下夜行奔忙的小吏就发出了诸如开篇所示的喟叹："同是天涯沦落人，相逢何必曾相识？"

《小星》全诗两章，每章五句，每章的前两句主要是写景，但景中有情，后三句主要是言情，但情中也有叙事，所谓情景交融说的就是这个。

本诗描写的小吏，他日夜为公事繁忙，疲于奔命，不由自叹命运多舛。在多少个深夜里，他独自伴随着微小昏暗的星光，急匆匆走夜路，去处理永远也处理不完的公务。该诗运用比兴手法，以小星比喻小人物的命运，诗虽短小，却很真切地描摹出小人物的悲苦。

吏没有品级，一般官府中的小吏，多为统治阶级最下层的士人出身，这些人虽然有世袭的爵禄，在劳动人民看来是处于统治地位，但是，他们身贱职微，往往要受王公大夫等上司的层层役使和欺压，其生活之窘迫，际遇之悲惨，与广大劳动者相比，实在也强不到哪里去。《诗经》中描写小吏的诗有《小星》《北门》《四牡》《四月》《北山》《小明》六篇，小吏自身所抒发的情感反映出他们的心理世界与时代特征。虽然小吏诗只是诗三百中的沧海一粟，但所表达的情感却不可忽视，或无奈哀叹，或愤懑呼喊，每首诗都再现了《诗经》时代小吏们的生存状态与情感世界。在远古时代，做个公务员真的很不容易，那时候没有朋友圈，无人点赞，加完班也没地儿撸串，只能吟诗抒怀了。

李商隐有诗云："无端嫁得金龟婿，辜负香衾事早朝。"（《为有》）李诗似从《小星》"抱衾与裯。寔命不犹！"发展而来。妻子娇嗔着抱怨丈夫为了赶去早朝而辜负衾枕香暖，诗的弦外之音又好像是埋怨自己，流露出类似"悔教夫婿觅封侯"的心绪。而《小星》中独自在外打拼的小吏，则自伤其抛却衾裯，到底是不如别人好命，熠熠星光衬托出内心之悲，牢骚归牢骚，该加班还得加，北上广不相信眼泪啊。电影《怦然心动》里有句台词："这世上，有人住高楼，有人在深沟，有人光万丈，有人一身锈。"其实，那些"光万丈"的人不过是将一身锈藏好不示人而已。很多时候，成年人的委屈，仅自己可见。

胡适谈《诗经》的时候讲道："《诗经》的文字和文法，必须要用归纳比较的方法。你要懂得三百篇中每一首的题旨，必须撇开一切《毛传》《郑笺》《朱注》等等，自己去细细涵泳原文。但你必须多备一些参考比较的材料：你必须多研究民俗学、社会学、文学、史学。你的比较材料越多，你就会觉得《诗经》越有趣味了。"撇开一切求创新倒是没毛病，可对这首诗的理解，适之先生似乎前卫得近乎荒诞了："（《小星》）是写妓女生活的最早记载。我们试看《老残游记》，可见黄河流域的妓女送铺盖上店陪客人的情形。再看原文，我们看她抱衾与裯以宵征，就可以知道她为何事了。"

我们再来看另外一首《邶风·北门》：

出自北门，忧心殷殷。终窭且贫，莫知我艰。已焉哉！天实为之，谓之何哉！

王事适我，政事一埤益我。我入自外，室人交徧谪我。已焉哉！天实为之，谓之何哉！

王事敦我，政事一埤遗我。我入自外，室人交徧摧我。已焉哉！天实为之，谓之何哉！

这也是一首小官吏诉说自己愁苦的诗。诗中的小官吏公事繁重苛细，虽辛勤应对，但生活依然清贫。上司非但不体谅他的艰辛，反而一味给他分派任务，使他不堪重负。辛辛苦苦而位卑禄薄，使他牢骚满腹，家人的责备更使他难堪，他深感仕路崎岖，人情浇薄，所以长吁短叹，痛苦难禁，悲愤之余，只好归之于天，安之若命。

《北门》与《小星》都提到"命"。《北门》中主人公的喟叹比《小星》更多出一份无可奈何。《诗经》中的"命"与现代人也常说的"命"

是否意思一致呢？

《周易》云："乐天知命，故不忧；安土敦乎仁，故能爱。"古人云："事在人为，成事在天。"又强调"尽人事以听天命"。古代对"人"是尊重的，大量的思想家与哲学家乃至普通人其实并不迷信所谓的命运，所以"认命"或者"不认命"并不代表消极与积极。孔子曰："不知命，无以为君子也；不知礼，无以立也；不知言，无以知人也。"孔子向君子提出三点要求，即"知命""知礼""知言"，这是君子立身处世需要特别注意的问题。《论语》的侧重点，就在于塑造具有理想人格的君子，培养治国安邦平天下的志士仁人。

"知命"作为孔子人生修养的一个重要前提，实际关涉的就是一个人如何对待自己的命运。敬畏天命，使我们安分，使我们自知人的极限，而注目于人力所可及之处。所以孔子在面临人生危机时，常常喜欢谈天、说命，以获得内心的平和。从孔子对待命运的态度中，我们反观《诗经》中小吏对命运的感慨，其理是相通的。

"愿每一位努力的人都能被岁月温柔以待。"这样的公号体暖心句在今天真的是一杯高浓度鸡精兑的水，本来缺钙缺爱严重的成年人，还是不要喝了吧。绝大多数时候，生活不是战场，也不是所有人都有气魄和运气能扼住命运的咽喉，而"报之以歌"又显出过于云淡风轻的腔调。"命"是每个人的基因符号，你此生都携带着，无法像"衾与裯"一样随时抛掉，唯一能做的，就是善待它，拥抱自己的命运，成为它的朋友，并与之干杯。

"写下自己内心的风景／与时而饱满／时而并不满意的诗行／也会举着不存在的杯子／敬自己／也敬那些被虚度的哀而不伤……"(拙诗《理智之年》)

不管你手里握的是1982年的拉菲，还是二锅头或干啤，哪怕是一杯清淡的白开水。"嘒彼小星，维参与昴"，长夜漫漫，有"参"与"昴"的幽光，便有活着的希望。

我不能悲伤地坐在你身旁
——有女怀春，吉士诱之

野有死麕，白茅包之。有女怀春，吉士诱之。
林有朴樕，野有死鹿。白茅纯束，有女如玉。
"舒而脱脱兮！无感我帨兮！无使尨也吠！"

《召南·野有死麕》

大意：
野地打死香獐子，我用白茅仔细包。遇到少女春心动，男子善诱情意起。
林中朴樕无人理，野地死鹿还施礼。白茅包裹埋地里，少女如玉属意你。
"请你慢些别慌忙，别碰掉我的裙子，莫使狗儿叫不已。"少女今生跟定你。

音乐人左小祖咒有一句名言："创造世界上最难听的歌。"他的歌到底有多难听呢？你自己听听就知道了。当然，在这里我想探讨的不是他所谓的实验音乐。他有一首歌叫《野合万事兴》，对这首歌的争议，他回应说："这首歌是根据民间的一些小道消息，还有一些山歌及书本上乱七八糟的东西，整理出来的"，有兴趣的看客可以自行搜索歌词。这个回应并不高明，有点文化的粉丝都着急翻出鲁迅先生的名言为其正名——"道学家看见淫，才子看见缠绵，革命家看见排满，流言家看见宫闱秘事"。所以，他完全可以笃定地说"这是从《诗经》及古今中外浩如烟海的名著里整理出来的"。

我第二次见到"野合"这个简单赤裸的字眼，竟是在一位名家解读《野有死麕》这首诗的文章里。他说"这是一首关于野合的情诗"，然后讳莫如深，没有下文。说实话，我非常不喜欢这个词，诸如"野合""私奔"这一类词确实会在视觉上给看客一种吸引力与挑逗性，即使我不认为它有道德判断的指向，但它用某种概括性极强也极草率的方式将感情简单化了，从而也将人性简化了。然而，即便是常态的情感也会有非常态的细节。而爱情，诱人的地方绝对不止于"性"，尤其是异端的爱情。

后来读到的比较婉转的说法是，这首诗是写青年男女约会，男子着急行夫妇之礼，女子委婉拒绝，其推托之词并不是"恶无礼"之诗，更不是贤士"拒招隐"之词，体现了西周社会青年男女朴素自然的爱情。

朴素自然并不容易，尤其是在恋爱里。但这首诗表现得特别好，没有矫情造作，也没有欲盖弥彰，把情爱中最天真质朴的人性抒发得淋漓尽致。

汉代《毛诗序》最早提出："野有死麕，恶无礼也。天下大乱，强暴相陵，遂成淫风。被文王之化，虽当乱世，犹恶无礼也。"汉代的统治者把诗当作政治伦理教材，为统治者教化人民而服务，因此《毛诗序》

对《诗经》的阐释采取的是一种政治教化与功利目的的视域。清王先谦的《诗三家义集疏》中说道:"平王东迁,诸侯侮法男女失官昏之礼,野麕之刺兴焉。"隐晦指出这首诗是讽刺东周诸侯国的淫乱失礼。而东汉郑玄《毛诗传笺》对"无礼"做了更明确的解说:"无礼者,为不由媒妁,雁币不至,劫胁以成昏。谓纣之世。"意思是这首诗描述的是召南之地一位女子对一位男子无礼粗鲁行为的抵抗,从而体现出召南之地受到了文王的教化。故汉代统治者单纯以政教作用的视域来解读文本,未免有些牵强附会。清代的方玉润论诗就颇具批判精神,他首先对历史上诸说,如"恶无礼"说、"淫诗"说等逐一进行辩驳,然后提出了自己的新见:"愚意此必高人逸士抱璞怀贞,不肯出而用世,故托言以谢当世求才之贤也。意若曰:唯野有死麕,故白茅得以包之。唯有女怀春,故吉士得而诱之。"方氏将此诗阐释为一位高人逸士拒绝出山为官,并婉言谢绝当世求贤的人。立意新则新矣,同样牵强。

对情诗的多元解读亦可窥见人性的斑驳复杂。

元稹的自传小说《莺莺传》写张生对崔莺莺一见倾心,后来又将她遗弃。本来,通过侍婢红娘,张生与崔莺莺相互用诗表达了爱情。可是,当张生按照她诗中的约定前来相会时,她却又"端服严容",正言厉色地数落了张生的"非礼之动"。数日后,当张生已陷于绝望时,她忽然又采取大胆的叛逆行动,主动夜奔张生住所与之幽会,"曩时端庄,不复同矣"。崔莺莺写给张生的信可谓深情悱恻:"儿女之心,不能自固。君子有援琴之挑,鄙人无投梭之拒。及荐寝席,义盛意深。愚陋之情,永谓终托。岂期既见君子,而不能定情,致有自献之羞,不复明侍巾帻。没身永恨,含叹何言?"这段话的大意如下:"我经不住你的诱惑,也献出了一片痴情,您像司马相如用弹琴挑逗卓文君那样来挑逗我,我却未能像高氏之女用投梭拒绝谢鲲那样拒绝您。等到我们同衾共枕时,便情更深意更长。我一片痴情,以为可以有所寄托,哪承想见到您之后,却不能缔结良缘,而我却以自己献身为羞耻,不能和你名正言顺地在一起。毕生长恨,除了悲叹还有什么好说的!"

同样是"有女怀春,吉士诱之",崔莺莺的情感里有一种含混不明的东西,她先是告诫张君瑞不要"以乱易乱",接下来又"自荐枕席",张生要去长安,她也并不要求长相厮守,只是叹息"始乱终弃,愚不敢恨"……凡此种种,多少有点让人匪夷所思。

所以王实甫改编《莺莺传》,就得为这样难以理解的爱情,以及暧昧不清的人物添加一些道理。比如说,他要增加一些外在的阻力,把不能相守的原因归结于母亲、事业等等。而"落魄才子中状元,奉旨成婚大团圆",似乎才更符合才子与佳人的经典结局。

曾在《读库》读到一篇对《莺莺传》的大胆解读,面对崔莺莺一改往日的拘谨,突然大胆地去找张生,作者写道:"所谓道德,那是对我们不爱的人讲的,当我们慢慢对一个人发生了感情,道德就会变成微不足道的装饰品。所谓原则,是在一种汹涌澎湃的个人感情下面,一个人把道德的堤坝建在哪一种纬度上。道德的原则对一个发生了爱的女孩来说,就像公正的原则对一个偏私的上司,都只是口头上的装饰。"《诗经》里大胆奔放的女子大约也如此,这首诗毫无暧昧,当她低声呢喃"无感我帨兮!无使尨也吠!"她要表达的不是"不要",而是一种盛情邀请,一如世上任何洁净而真实的女子,面对炽烈的爱,也会像《奇葩说》里的斗士范湉湉一样呐喊"不要压抑自己的天性","不压抑"才是爱的道德。

另外一部描写情爱的知名而有争议的著作《查泰莱夫人的情人》,曾被禁长达三十余年。英国伯明翰大学当代文化研究中心的理查德·霍嘉特教授后来高度评价道:"如果这样的书,我们都要当成淫秽物来读,那我们才叫肮脏，我们玷污的不是劳伦斯，而是我们自己。"一个要摆脱代表死亡与坟墓的丈夫的鲜活女人，遇上了麦勒斯这样一个卓尔不群回归自然的理想主义男人，在童话般的林中木屋里自然而然相爱了，演出了一幕幕激情跌宕的生命故事，这是"废墟上的抒情诗"，不再单单是情欲诱惑所能涵盖的。

顾随先生说："'有女怀春，吉士诱之'是此篇主题，写诗者以为这是坏事，我们虽非赞同，但承认人情中本有此事。"顾随先生的话无疑包含着懂诗者的大慈悲。

电视剧《西游记》中女儿国国王对唐僧说的话，也令人慨叹："你说四大皆空，可却紧闭双眼，只要你睁开眼睛看看我，我就不相信你会两眼空空。"后来再听万晓利翻唱的《女儿情》，比李玲玉所歌唱的女王表现出的热切和不舍，更多了一些质朴的倾吐和说不清道不明的情愫。"说什么王权富贵，怕什么戒律清规，只愿天长地久，与我意中人儿紧相随……"这是所有爱情一厢情愿的梦想，而爱情之所以被人们千回百转地表达与讴歌，最动人的应该还是它所缺憾与悲伤的部分，"如此生机勃勃／以至它花朵枯萎／并且充满悲哀"（聂鲁达《女人的肉体》）。

这首《野有死麕》吸引我的并不是表达爱之诱惑的淋漓尽致，而是爱的欣悦坦荡。读多了"我心伤悲，莫知我哀"等《诗经》里的爱与哀愁，突然换一首明丽的调子也不错，悲伤那么大，舒而脱脱兮！

如果爱情是闪电的磁石，那么恋爱中的两个人则是屈服于爱的饴糖。"有女怀春，吉士诱之"是初见的怦然心动，而"白茅纯束，有女如玉。'舒而脱脱兮！'"则是"情不知所起，一往而深"，或者"须作一生拚，尽君今日欢"（牛峤《菩萨蛮》）。那么接下来呢，诗里没有写，否则无论是始乱终弃还是大团圆，都会落入俗套。所以，到此为止刚刚好。

人生是一场盛大的孤独
——泛彼柏舟，亦泛其流

泛彼柏舟，亦泛其流。耿耿不寐，如有隐忧。
微我无酒，以敖以游。
我心匪鉴，不可以茹。亦有兄弟，不可以据。
薄言往愬，逢彼之怒。
我心匪石，不可转也。我心匪席，不可卷也。
威仪棣棣，不可选也。
忧心悄悄，愠于群小。觏闵既多，受侮不少。
静言思之，寤辟有摽。
日居月诸，胡迭而微？心之忧矣，如匪澣衣。
静言思之，不能奋飞。

《邶风·柏舟》

大意：

柏木船儿荡悠悠，随着波儿任漂流。忧心忡忡人不寐，深深隐忧在心头。

不是无酒来解忧，不是无处可遨游。

我心并非如明镜，岂能美丑都能容。家中虽有亲兄弟，可叹兄弟难依靠。

前去诉苦求安慰，正逢他们怒难平。

我心并非鹅卵石，不能随便来滚转。我心也非草席软，不能任意来翻卷。

仪表举止有威仪，不能荏弱被人欺。

忧愁重重难排除，小人恨我如仇人。陷害中伤已很多，遭受凌辱也不少。

静下心来仔细想，抚心捶胸意难平。

白昼有日夜有月，为何昏暗交相迭？忧愤不尽在心中，好似穿着脏衣裳。

静下心来仔细想，不能奋起任翱翔。

读罢《柏舟》，一个"耿耿不寐""心之忧矣"的形象跃然纸上，其沉郁顿挫的风格在《诗经》中别具一格。俞平伯评价此诗："通篇措辞委婉幽抑，取喻起兴巧密工细，在朴素的《诗经》中是不易多得之作。"关于此诗，历代也有不同的理解。

我观察整首诗的抒情，有幽怨之音，无激亢之语，情思之缱绻，固然不像男子的口气，说成是妻子因遭遗弃而写的忧愤诗也能读得通，但我依然不认同这是一首女子自伤无处可诉的怨诗。因为夫人与卫君并未合卺成礼，改嫁于新卫君也不会被认为是"失节"。其齐国兄弟劝其改嫁新卫君，是为她的幸福考虑，不能把劝其改嫁的人都说成是"群小"。而且，诗中"静言思之，不能奋飞"并不像"贞女不二心"之语，更像君子以女子自喻，抒发受小人欺侮而怀才不遇之情。个体的自我价值在现实中惨遭否定，不能施展抱负，痛苦忧愤成疾。以诗言志，表明自己志向高洁，矢志不渝。这已脱离了情诗范畴，个人认为作者是男性的解释更合理一些。

"泛彼柏舟，亦泛其流。"诗人乘着柏舟，在湍急的河中漂泊，无所依傍，但内心并不随波逐流，此诗一开始的情志便是沉郁的。历史上著名的咏怀诗，如阮籍《咏怀》组诗中的"夜中不能寐，起坐弹鸣琴""嘉树下成蹊，东园桃与李""灼灼西颓日，余光照我衣"，开篇也都是貌似闲淡，实则沉痛。到了为后世所引用最多的"我心匪石，不可转也。我心匪席，不可卷也"，则是"感情到了抛物线的最高点"（顾随语）。一直到末句，"静言思之，不能奋飞"，其忧思依然难平。这种坚忍无声的抗争同样出现在另一首著名的古乐府琴曲歌词中："人多猛暴兮如虺蛇，控弦披甲兮为骄奢。两拍张弦兮弦欲绝，志摧心折兮自悲嗟。"（蔡文姬《胡笳十八拍》）

后世的咏怀诗，多吟咏抒发诗人的怀抱和情志，它所表现的，是诗人对现实世界的体悟，对生命存在的思考，对个体生命的把握，对未来人生的追求。宣泄情志、发发牢骚很简单，难的是虽忧愤犹克制。诗词中对痛苦的克制，反而会加深情感的重量，这是克制的力量，克制固然是痛苦的，人生也是痛苦的，但人生需要克制，叫嚣从来不会减轻人的痛苦。

读"我心匪石，不可转也。我心匪席，不可卷也"，让我首先想到了屈原。《离骚》作于屈原初被怀王疏远或第一次流放之后，这时的屈原忧心如焚，缠绵悱恻，辞意哀伤而志气宏放，但也希望未灭，心存幻想，切盼怀王悔悟，让他重回郢都，为国效力。长诗《离骚》将屈原的主要人格特征、困境意识表达得很充分。

而《柏舟》中的"君子"亦心存危亡之虑，日进忠言而不见用，反遭谗谄，受制于群小，使他"耿耿不寐"。钱锺书先生在解释"我心匪鉴"等句时认为，"我心匪鉴"与"我心匪石""我心匪席""三句并列同旨"，都是"人不能测度与我，人无能明其志"之意。从古至今，高贵的灵魂都难以被凡俗理解。倘若《柏舟》的主人公听到后世屈子的赤诚歌哭，定当为得此后世知音而深感欣慰吧。

屈原在《离骚》中，成功地塑造了中国文学史上第一个形象丰满、个性鲜明的抒情主人公的形象，体现了屈原的伟大思想和崇高人格。

"荃不查余之中情兮，反信谗而齌怒。余固知謇謇之为患兮，忍而不能舍也。指九天以为正兮，夫惟灵修之故也。曰黄昏以为期兮，羌中道而改路。初既与余成言兮，后悔遁而有他。余既不难夫离别兮，伤灵修之数化。"（你不深入了解我的忠心，反而听信谗言对我发怒。我早知道忠言直谏有祸，原想忍耐却又控制不住。上指苍天请它给我做证，一切都为了君王。你以前既然和我有成约，现另有打算又追悔当初。我并不难于与你别离啊，只是伤心你的反反复复。）满腹幽怨一腔抱负的屈子不正是"薄言往愬,逢彼之怒""忧心悄悄,愠于群小"吗?

"陟升皇之赫戏兮,忽临睨夫旧乡。仆夫悲余马怀兮,蜷局顾而不行。"《离骚》收篇于一场白日梦般的飞升远游,这类似于庄子的《逍遥游》。可是当屈原从天界瞥见故乡时,在天界的快乐便不复存在,心中只有故乡,只有魂牵梦萦的故乡。而《柏舟》的作者愤慨"静言思之,不能奋飞",也是渴望自由翱翔,一展宏图。先民时代"飞翔"这一意象承载了中国最早最沉重的乡愁。

后世的文学家,继刘安、司马迁之后,贾谊、扬雄、李白、杜甫、柳宗元、辛弃疾等皆厚爱屈原。他们把屈赋精髓融入血液,融入诗文。"文章憎命达,魑魅喜人过。应共冤魂语,投诗赠汨罗。"(杜甫《天末怀李白》)在杜甫的想象中,遭遇冤屈奔波湖湘的李白会写诗投入汨罗江,与蒙冤的屈原对话。"正声何微茫,哀怨起骚人。"(李白《古风》其一)真正的诗人,他们与屈原往往能惺惺相惜。当代诗人写道:"天空一无所有,为何给我安慰。"(海子《黑夜的献诗》)

"于是怀石遂自沉汨罗以死。"(《史记·屈原列传》)——读至此句,我潸然落泪。我们不如仿照屈原,来这样吟咏:

> 泛彼柏舟兮,亦泛其流。耿耿不寐兮,如有隐忧。
> 微我无酒兮,以敖以游。
> 我心匪鉴兮,不可以茹。亦有兄弟兮,不可以据。
> 薄言往愬兮,逢彼之怒。
> 我心匪石兮,不可转也。我心匪席兮,不可卷也。
> 威仪棣棣兮,不可选也。
> 忧心悄悄兮,愠于群小。觏闵既多兮,受侮不少。
> 静言思之兮,寤辟有摽。

日居月诸兮，胡迭而微？心之忧矣兮，如匪浣衣。
　　静言思之兮，不能奋飞。

　　多了一个"兮"，就变成了邶国的《离骚》，楚风"劲质而多怼，峭急而多露"的味道就出来了。《柏舟》中的无名诗人是先于屈原的第一个独唱的诗魂，与屈子一样，他视保持赤子人格为人生信条。他们是丰姿卓绝的诗人，是高洁不屈的志士，也是彻底的孤独者。这正是"我心匪石，不可转也"。
　　而我们普通人，又该如何善待我们的痛苦与孤独？
　　大法官约翰·罗伯茨在他儿子初中毕业典礼上的致辞，曾在美国社交平台上引起热烈讨论。罗伯茨在2005年由小布什总统提名，参议院批准通过，就任美国联邦最高法院第十七任首席大法官，是美国两个世纪以来最年轻的首席大法官。《华盛顿邮报》评论说：罗伯茨首席大法官本年度最好的作品，不是某个案子的判决书，而是在儿子毕业典礼上的致辞。下面我们听听他的致辞（节选，附英文原文）：

　　通常，毕业典礼的演讲嘉宾都会祝你们好运并送上祝福。但我不会这样做，让我来告诉你为什么。
　　(Now the commencement speakers will typically also wish you good luck and extend good wishes to you. I will not do that, and I'll tell you why.)

　　在未来的很多年中，我希望你被不公正地对待过，唯有如此，你才真正懂得公正的价值。
　　(From time to time in the years to come, I hope you

will be treated unfairly, so that you will come to know the value of justice.)

抱歉地说,我会祝福你时常感到孤独,唯有如此你才不会把良朋益友视为人生中的理所当然。

(Sorry to say, but I hope you will be lonely from time to time so that you don't take friends for granted.)

我祝福你遭受切肤之痛,唯有如此,才能让你感同身受,从而对别人有同情的理解。

(And I hope you will have just enough pain to learn compassion.)

我的朋友,当你在浩渺人世"泛彼柏舟",我祝你孤独且痛苦……

中国男人为何爱写悼亡诗
——绿兮衣兮，绿衣黄里

绿兮衣兮，绿衣黄里。心之忧矣，曷维其已。
绿兮衣兮，绿衣黄裳。心之忧矣，曷维其亡。
绿兮丝兮，女所治兮。我思古人，俾无訧兮。
绤兮绤兮，凄其以风。我思古人，实获我心。

《邶风·绿衣》

大意：

绿衣裳啊绿衣裳，绿色面子黄衬里。我内心的悲伤呵，什么时候才能止！

绿衣裳啊绿衣裳，绿色上衣黄下裳。我内心的悲伤呵，什么时候才能忘！

绿丝线啊绿丝线，是你亲手来缝制。我思已故的贤妻，时常劝谏少过失。

葛布无论粗或细，穿上凉爽如清风。我思已故的贤妻，实在熨帖我的心。

有一部经典电影《人鬼情未了》（Ghost），除了"一起做陶器"这个留名影史的经典镜头和"Oh my love"这段三十年后听起来仍然激昂的旋律，给人印象最深的恐怕就是男主角死后通过灵媒和爱人交流的几个场景了。但我最初对这部电影并不感兴趣，迟迟未看，原因正是这个我认为并不高明的电影名——Ghost。此名并未有任何情感指向，如幽灵本身一样冷峻。而电影的译名多少加入了译者的一厢情愿。近年，城市里兴起的不少手工陶吧，直接打着招牌宣称"一起做陶艺吧，和爱人体验人鬼情未了"……可能相爱中的男女并不会去想，如果有一天真的生死相隔，还能否"断肠声里忆平生"？

知乎平台上有个问题很有意思："一对十分恩爱的男女朋友，女的死了，男的接下来如何做才是你心中最完美的结局？"某网友回答："娶小姨子，过十年再写一首词。然后大家就都觉得你好像专情了十年。"

这里黑的是鼎鼎大名的东坡居士和那首著名的《江城子》：

十年生死两茫茫。不思量，自难忘。千里孤坟，无处话凄凉。纵使相逢应不识，尘满面，鬓如霜。　夜来幽梦忽还乡。小轩窗，正梳妆。相顾无言，唯有泪千行。料得年年肠断处，明月夜，短松冈。

这首悼亡词感人至深，我们有理由相信苏轼对亡妻王弗是痴情的。在王弗长眠的第三年，苏轼续弦，娶的正是王弗的堂妹王润之。关于娶小姨子这件事，也流传着两种说法。一说这是王弗的遗愿，王弗担心自己去世后没有人照顾苏轼，自家妹妹自然是最放心的人；又说是因为王润之颇具堂姐王弗的风韵。王润之与王弗有多像，并不可考，但想必二人都是十分贤良的。前者据苏轼为其所撰墓志铭可知，王弗不仅有孝顺、谏夫之德，又兼具伴读之才。而后者则有夫家弟弟苏辙两番撰文悼念，想必也是德才俱备的。兴许像现代人歌词里写的"从此，我爱上的人都很像你"。

悼亡诗是中国诗歌的重要一支。自《邶风·绿衣》始，悼亡诗与别离诗一样，强化了诗人的哀伤体验。魏晋时期的挽歌，诸如《七哀诗》之类，常以宴饮起句，宇文所安从中发现了一个重要的诗歌命题——"死亡与宴会"；唐代悼亡诗的写作透露出诗人们顾影自怜的凄苦之状；两宋诗人以悼亡为"私昵的情感"。

死亡是一面镜子，永远映照人们，而悼亡诗就是这面镜子的反光。

《绿衣》中所展示的是一位丧失爱妻的丈夫，看到亡妻生前所做的衣服，睹物思人，反复咏唱的情景。

"绿衣黄里"说的是夹衣，是在秋天穿的，那么诗人应该是在秋季作的此诗。他将刚取出来的秋天的夹衣捧在手里反复摩挲，爱人已逝去，而为他缝制的衣服尚在，细密精巧的针脚间渗透着爱人的情意。朱光潜先生说"中国夫妇恩爱常起于伦理观念"，所以这位男子怀念的不仅仅是爱人对自己的体贴，更有那份相伴相知的默契，"我思古人，俾无𫍯兮"，爱人的劝谏使他少犯错，彼此既是爱侣也是诤友。

《诗经》中还有一首《唐风·葛生》也十分动人，与《邶风·绿衣》都属悼亡诗的开山之作。

> 葛生蒙楚，蔹蔓于野。予美亡此，谁与独处？
> 葛生蒙棘，蔹蔓于域。予美亡此，谁与独息？
> 角枕粲兮，锦衾烂兮。予美亡此，谁与独旦？
> 夏之日，冬之夜。百岁之后，归于其居。
> 冬之夜，夏之日。百岁之后，归于其室。

诗人来到墓地，见到满地的葛条、蔹蔓，触景生情，想起生前两人的相亲相爱、同心同德，而今阴阳相隔，如何不倍感伤心。已亡人在冰冷的地下无人相伴，未亡人在孤独的世上无奈无亲，如何才能再相聚？只有百年之后，同穴而拥！这生死不渝的爱情绝唱，穿越了时空，成为每个时代人们心中的梦想与期许。朱守亮的《诗经评释》认为此诗"不仅知为悼亡之祖，亦悼亡诗之绝唱也"，周蒙、冯宇的《诗经百首译释》认为"后代潘岳、元稹的悼亡诗杰作"，"不出此诗窠臼"。

而《绿衣》所用的睹物思人的手法亦给了后世诸多启发，晋代潘岳的"流芳未及歇，遗挂犹在壁。……寝息何时忘，沉忧日盈积"（《悼亡诗》其一），元稹的"衣裳已施行看尽，针线犹存未忍开"（《遣悲怀》其二），皆是从《绿衣》化出。

《诗经》中这两首悼亡诗的作者皆不知名姓，只能感其情真意切。而潘岳的《悼亡诗》三首，不仅开了悼亡诗的先河（潘岳以前，中国古代文学并无"悼亡"一说），并且让悼亡诗与悼妻诗直接画上了等号。而写作悼亡之作的中国文人们，往往会凭借其深情的好男人形象博得世人的一致好评。

《世说新语》言："潘岳妙有姿容，好神情。少时挟弹出洛阳道，妇人遇者，莫不连手共萦之。"作为西晋文学的代表，潘岳往往与陆机并称，古语云"陆才如海，潘才如江"。据说当朝丑女皇后贾南风曾觊觎潘岳的美貌而勾引他，但是潘岳从未动心过。他与妻子杨氏十二岁订婚，两人琴瑟和鸣，共同生活了二十多年，妻子病逝之后，他也未曾另娶纳妾。他的三首悼亡诗写于妻子逝去后的第二年。三首其一的"如彼翰林鸟，双栖一朝只。如彼游川鱼，比目中路析"应当是三首之中最出彩的句子。诗人用双栖的翰林鸟和同游的比目鱼比喻自己和妻子的相携相守，表示对爱妻的无比思念和对爱情的忠贞不渝。再加上潘岳本人当朝第一美貌才子的身份和难得专一的品行，自然让世人对他的评价更上一层楼，他的悼亡诗也被提携成了经典之作。

元稹的悼亡诗也一直是世人传唱的经典。元稹八岁丧父，少年贫贱，妻子韦丛为当时太子少保韦夏卿之幼女，二十岁时下嫁元稹。韦氏嫁给元稹后，一直过着贫苦的生活，但却甘之如饴。元稹在诗里回忆着与韦氏生活中的点点滴滴："顾我无衣搜荩箧，泥他沽酒拔金钗。"（《遣悲怀》其一）韦氏陪伴元稹度过了人生中的低谷期，待到功成名就，佳人芳魂却已逝去，叫他怎能轻易忘怀？不可否认，非情深义重断难写出"惟将终夜长开眼，报答平生未展眉"（《遣悲怀》其三）。据说《遣悲怀》三首是元稹在韦丛下葬当天所写，回忆贫贱夫妻的艰苦生活，从而衬托二人的深厚感情，表达对亡妻的愧疚与感激，"贫贱夫妻百事哀"就出自这里。元稹写给韦丛的悼亡诗，还有两句同样流传甚广，几乎被引用得泛滥了——"曾经沧海难为水，除却巫山不是云"。情窦初开的年纪读到这首诗十分容易被打动，根本不在乎他当时是不是"流量明星"。

元稹作为备受争议的文艺男青年，我不免想多说两句。史料记载，在韦氏病重之际（当时元稹三十一岁，韦氏二十七岁），元稹就在出差途中与比他大十一岁的才女薛涛浓情蜜意，打得火热了，回到长安后却又将薛涛抛诸脑后。"浣花溪的水，木芙蓉的皮，芙蓉花的汁"制成的薛涛笺风雅至极，据说也是为了和元稹书信往来而发明的。薛涛比元稹大，且为乐伎出身，不能为元稹的仕途提供攀附之便，两人的感情自是不能长久。此后薛涛脱下了最爱的红裙，换上一领道袍。自此朝镜前的垂垂玉箸，只有春风得以知晓。而元稹的美好生活还在继续，韦氏病逝两年后，元稹纳表妹安仙嫔为妾，七年后出于仕途考虑，再取名门之女裴淑为妻。

元稹的这些悼亡诗抒情强烈，词意豪壮，言情而不庸俗，瑰丽而不浮艳，的确是悼亡之作中的千古名篇。可以说，他给妻子写的悼亡诗和他自曝的那段情史一样著名，要不是他把自己年轻时候的风流情事写成《莺莺传》，还发知名"情感公众号"连载赚取点击量，后世也不至于为其贴上"始乱终弃"的"渣男"标签。这倒是和他笔下的张生如出一辙（本来就是自传嘛）——"余真好色者，而适不我值。何以言之？大凡物之尤者，未尝不留连于心，是知其非忘情者也"。

作为一枚直男爱好者，让我不惮以最坏的恶意揣测擅写悼亡诗的中国男人，悲伤是有的，但一篇大作告成的淋漓尽致足以瞬间清空情感的空虚和人生的幻灭。就像《围城》里面的汪处厚，老婆死了作首诗，不仅显得自己深情，还可以卖弄一下才学。除你之外，任何人都没什么区别，皆是花间一醉。你走之后，何人甘为我金钗沽酒，不过浮光赏媚。谢谢你啊，给我有一展诗才的机会。

我们诚然不能对人性太苛刻，更何况在古代，男人不续弦比现代人不结婚后果还严重。元稹的多情与深情或如明人陈继儒所言，"情最难久，故多情人必至寡情；性自有常，故任性人终不失性"。所以，"昨日黄土陇头埋白骨，今宵红绡帐底卧鸳鸯"（曹雪芹《红楼梦》）才是最真实的世情。就像电影《人鬼情未了》，无论是否"情未了"，哀悼对方的时刻，不过是"冰冻，孤寂／两个幽灵在寻找往昔"（魏尔伦《感伤的对话》）。是的，爱情逝去的部分，我更愿意称之为"幽灵"，可以深情追念，可以尘封心底，幽灵自然也可以随风逝去，如同"光耀而巨大的罪"（法国作家魏尔伦写给兰波的诗句）。

愚以为悼亡诗的核心并不是诗，而是"悼"。所以庄子鼓盆而歌既是超脱也是大悲哀，纳兰容若的"当时只道是寻常"是平淡的祭挽更是绝望，因为永失我爱。思念一个人，往往想起的不过是芥豆小事，赌书泼茶，夫妻恩爱闲情已成过去。"悼亡之吟不少，知己之恨犹多。"纳兰与卢氏夫妻伉俪情笃，故卢氏的早亡使纳兰精神上受到极大的打击，八年后的同一天——五月三十日，纳兰容若也随之逝世——"陌上人如玉，公子世无双"。还有一种哀悼，没有浓墨重彩，于无声处触动人心，古有《项脊轩志》"庭有枇杷树，吾妻死之年所手植也，今已亭亭如盖矣"，今有启功先生哀悼亡妻的诗行"君今撒手一身轻，剩我拖泥带水行"。

中国的悼亡诗多是回忆亡妻生前的生活细节，表达生死离别之哀痛，蕴含着"天长地久有时尽，此恨绵绵无绝期"的"悲死"情结；而西方的悼亡诗则多把天堂看作幸福的归宿，传达出作者的一种超脱与乐观，这是一种深信能在天国与亡妻相聚的"悲中有望"的"乐死"情结。所以读西方悼亡诗的心情远没有那么沉重。

> 我相信这样的她一定能够
> 让我在天国，再次无所阻碍地把她的面容瞻睹
> 她一身洁白走来，洁白得像她的思想
> 笼着面纱，但我却能依稀看见
> 她周身闪现着的爱意、温柔和善良
> ——弥尔顿《悼亡妻》

悼亡诗看多了，再回到《绿衣》与《葛生》。打动我的还是最简单而质朴的感情，没有过度的修辞与宣泄。中国古典诗词里能够让人记住的名句往往都是口语化的、原生态的，无须翻译和解释。"绿兮衣兮，绿衣黄里。心之忧矣，曷维其已。""予美亡此，谁与独处？"……

"伤感与悲哀不同，伤感是暂时的刺激，悲哀是永久的，且有深浅厚薄之分。《绿衣》纯写伤感，但是真好。"（顾随语）真好，已经好

到接近悲哀了——那正是"爱别离,怨憎会,撒手西归,全无是类。不过是满眼空花,一片虚幻"。

我送你离开
——燕燕于飞，差池其羽

燕燕于飞，差池其羽。之子于归，远送于野。瞻望弗及，泣涕如雨。
燕燕于飞，颉之颃之。之子于归，远于将之。瞻望弗及，伫立以泣。
燕燕于飞，下上其音。之子于归，远送于南。瞻望弗及，实劳我心。
仲氏任只，其心塞渊。终温且惠，淑慎其身。先君之思，以勖寡人。

《邶风·燕燕》

大意：

燕子展开翅膀飞，翅膀展开不整齐。这位女子要大归，远远送她到旷野。逐渐远去望不见，涕泣如雨泪沾襟。

燕子展开翅膀飞，忽上忽下望见它。这位女子要大归，远远出来去送她。逐渐远去望不见，久立哭泣想着她。

燕子展开翅膀飞，上下鸣叫低呢喃。这位女子要大归，远远送她向南方。逐渐远去望不见，令我伤心欲断肠。

仲氏诚实又可信，心胸开朗能容忍。性格温柔又和顺，行为善良又谨慎。常说别忘先君爱，她的劝勉记在心。

关于这首诗具体的创作背景，《毛诗序》记载曰："《燕燕》，卫庄姜送归妾也。"是卫庄姜于卫桓公死后送桓公之妇大归于薛地的诗。《郑笺》详解之曰："庄姜无子，陈女戴妫生子名完，庄姜以为己子。庄公薨，完立，而州吁杀之，戴妫于是大归，庄姜远送之于野，作诗见己志。"《左传》也有记载："……其娣戴妫生桓公，庄姜以为己子。公子州吁，嬖人之子也，有宠而好兵，公弗禁，庄姜恶之……"

卫庄公娶齐庄公的女儿为妻，她就是庄姜。庄姜生得很美丽，但没有儿子。卫庄公另娶了陈侯之女厉妫，陪嫁的妹妹叫戴妫，戴妫生的儿子名叫公子完。作为正妻的庄姜把公子完当作自己的儿子抚养，公子完后来被立为太子。卫庄公另有一个宠妾，也生了个儿子，叫州吁。州吁好武，骄奢淫逸，卫庄公却很宠爱这个儿子。卫庄公去世后，作为太子的公子完即位，就是卫桓公。在卫桓公即位后的第十六年，他的弟弟州吁终于按捺不住，杀了桓公取而代之。

戴妫是陈国人，其子卫桓公被弑，因此离开卫国，回到陈国，这叫作"大归"，就是一去不复返。"卫庄姜送归妾"讲的正是这件事。

庄姜也是中国历史上第一位女诗人。朱熹认为《邶风》的开篇五首诗是庄姜所作（说法不一），其中最无异议的是这首名垂千古的《燕燕》。顺着这个解释来读：

第一章"燕"指燕子。"于飞"指在飞翔。"差池"指"双岐如剪"的燕尾。"之子"指戴妫。这一章是说：燕子啊，飞来飞去，尾巴像参差不齐的剪刀。我这妹妹啊就要回娘家了，我把她远远送到了荒郊。渐行渐远望不到，涕泣如雨泪沾襟。

第二章，"颉"指鸟飞向上。"颃"指鸟飞向下。"将"指送。

第三章，"下上其音"指燕子飞上飞下地叫着。"送于南"，是因陈在卫的南边。这两章与第一章意思大体相似，都是描绘送别时的情景。

用燕子起兴，是别具匠心的，燕子这种候鸟，常被人们当作感情的寄托物。那春来秋去的燕子，不正像那来而复归的娣妾吗？"我"久久地伫立在山冈上，想到昔日的姐妹情谊，想到一同度过的荣辱忧患，生离死别，怎不令人"泣涕如雨"！这既是为戴妫洒下惜别泪，也是为自己同样不幸的命运而叹惋。

此诗前三章反复咏唱，渲染依依不舍之离情别绪，"远送于野""远于将之""远送于南"，送了一程又一程。然而送君千里终须一别，"瞻望弗及，泣涕如雨""瞻望弗及，伫立以泣""瞻望弗及，实劳我心"，离人渐渐远去，送者仍在企踵遥望。

第四章，"仲氏"是戴妫的字。"任"指信任。"塞"指秉性诚实。"渊"指用心深长。"寡人"指寡德之人，是庄姜的谦称。这一章是说：戴妫是那样值得信任的一个人啊，性情贤惠又温顺，仪行美好又谨慎，临别之时，还叮嘱我勿忘先君。这里，追念戴妫的美德，感其情重，更加深了依依不舍之情。古来写送别的诗何止千万，然而写得这样缠绵悱恻、委婉动人的，却不多见。此诗出于三千多年前一位女子之手，见其才情，更见其深情。由此可见，《燕燕》一诗被封为"万古送别诗之祖"（王士禛语）毫不为过。

扬之水说，《燕燕》之叙事，也有一个虚与实的问题。其实，何止这一首，《邶风》里面，甚至整部《诗经》都有一个虚与实的问题。何谓虚？何谓实？眼前之景为实，想象虚构之景为虚；景物为实，情感为虚；形象为实，抽象为虚；有限为实，无限为虚。总之，实境乃是一种真境、事境、物境；虚境乃是在此基础上给读者创造的一种想象的空间、诗意的空间。虚中有实，实中有虚，虚实相生，这里说的是诗，也是人生。

后代许多有关送别的诗词，都有此诗的影子，比如，辛弃疾的《贺新郎·别茂嘉十二弟》：

绿树听鹈鴂。更那堪、鹧鸪声住，杜鹃声切。啼到春归无寻处，苦恨芳菲都歇。算未抵、人间离别。马上琵琶关塞黑，更长门、翠辇辞金阙。看燕燕，送归妾。

　　将军百战身名裂，向河梁、回头万里，故人长绝。易水萧萧西风冷，满座衣冠似雪。正壮士、悲歌未彻。啼鸟还知如许恨，料不啼清泪长啼血。谁共我，醉明月。

　　这首词中，词人引用了大量古人离别的故事。词的上阕就列举了三种悲鸟——鹈鴂、鹧鸪、杜鹃，以啼鸟相呼应，描写暮春的景色；又有三位离妇——王昭君、陈皇后和庄姜。词的下阕则列举了李陵、荆轲的英雄故事，铺叙古代种种人间离情别恨，抒发美人不遇、英雄名裂、壮士难酬的悲慨。全词笔力雄健，沉郁苍凉。

　　在离别诗中，人们将深藏于内心的真情升华、外化，历史上有很多脍炙人口的离别诗，表现手法也各不相同。有表达离别之愁的，如白居易的《赋得古草原送别》："又送王孙去，萋萋满别情。"也有表达诗人豁达胸襟和豪放气度的，如高适的《别董大》："千里黄云白日曛，北风吹雁雪纷纷。莫愁前路无知己，天下谁人不识君？"李白的《渡荆门送别》："仍怜故乡水，万里送行舟。"水在诗人的笔下被人格化了，写出了无限的爱意，自然也就有了一种畅游于山水之间的飘逸和潇洒。

　　关于《燕燕》的背景还有一些不同的意见，如《列女传·母仪》篇曰此为卫庄姜送守寡的儿媳妇归国，王质《诗总闻》认为是卫君送娣去适国（兄送其妹出嫁）。现代一些人喜欢将此诗当爱情诗来解读，罗列其理由是"庄姜夸赞戴妫贤良已经很奇怪了，哪有女人会如此诚挚地夸赞自己的情敌？送别时竟还要姐妹情深依依不舍……"认为是卫君写给情人的赠别诗倒也罢了，这种解诗的态度疑似受了宫斗剧的影响。

《燕燕》的惜别之情是否可能出现在妻妾之间，不应是这首诗探讨的重点，若仅以审美的心态来欣赏这首曾使王士禛"怅触欲涕"的万古送别佳作，其抒情之深婉沉痛，也令人敬意顿生。这也是《燕燕》一诗别有境界的地方。扬之水也说，此诗"见性情，见境界，见一真挚诚笃而不拘拘于尔汝之私的和厚胸次"（《诗经别裁》）。全诗质朴无华，却把诗人对刚刚经历过的那场人伦大变（弑其君完）的气愤，以及对戴妫丧子大归的处境的深切悲怀，写得感天动地。

读到"瞻望弗及，泣涕如雨"一句，就不能不令人想起晏小山的《临江仙》："落花人独立，微雨燕双飞。"此情此景，景同心同，只是较之"燕燕于飞，差池其羽"，多了些刻意的工巧，而真情，最怕过度雕琢。明代陈舜百说："'燕燕'二语，深婉可诵，后人多许咏燕诗，无有能及者。"不可及处，正在于兴中带比，以乐景反衬哀情，故而"深婉可诵"（《读诗臆补》），对于这一点，我是相当赞同的。

又有人质疑，庄姜身为夫人，"送归妾"是"越礼"之事，但是，因为庄姜所抚养教育的桓公是戴妫所生，二人相友善，如今，庄公已不在世，桓公又被弑，弑君篡国的贼子尚未得到讨伐，所以，卫姜"送归妾"貌似"越礼"，实则符合仁义。为"送归妾"而作此诗，含有为桓公被弑而悲伤之意，又有代庄公肯定戴妫之意，不仅合情，而且合理。

金庸的小说里写过很多告别的场面，试录一段：

> 小昭点了点头，吩咐下属备船。谢逊、殷离、赵敏、周芷若等等一一过船。小昭将屠龙刀和倚天剑都交了给张无忌，凄然一笑，举手作别。
>
> 张无忌不知说甚么话好，呆立片刻，跃入对船。只听得小昭所乘的大舰上号角声呜呜响起，两船一齐扬帆，渐离渐远。

但见小昭悄立船头，怔怔向张无忌的座船望着。两人之间的海面越拉越广，终于小昭的座舰成为一个黑点，终于海上一片漆黑，长风掠帆，犹带呜咽之声。

"海上一片漆黑，长风掠帆，犹带呜咽之声。"生离如此，死别亦如此。少年时读到这些场景总会掩面落泪，成年后经历过生离死别才更理解，"呜咽"是哭出来的，而"犹带呜咽"是生命不能承受之轻，是哭不出来的。别离是人生的常态，重逢才是偶然。告别的意义有时候几乎等同于死亡，"瞻望弗及，泣涕如雨"，兴许唯有"向死而生"才能让生之光芒更耀眼。

嵇康曾经写过一篇名传千古的《与山巨源绝交书》，这封信是嵇康听到山涛在由选曹郎调任大将军从事中郎时，想荐举他代其原职的消息后写的。信中拒绝了山涛的荐引，指出人的秉性各有所好，申明他自己赋性疏懒，不堪礼法约束，不可加以勉强，"夫人之相知，贵识其天性，因而济之"。绝交信也算是一种书面化的告别，但这样的信，自我坦白与表露遗憾的成分更多些，深情的人删个微信好友都要朋友圈发声明，而到了真正绝交的地步，却是连一句再见都不愿说。成年人的告别，都是悄无声息地渐行渐远，最终如雾一般慢慢消散。好吧，朋友。告别是活着必需的奢侈，我不跟你告别，我已经在心里跟你别过了。

从"燕燕于飞"到"寒蝉凄切，对长亭晚"，从"长亭外，古道边，芳草碧连天"到"他日春燕归来，身何在"，告别的歌唱了几千年，而离愁未减。"我给你写信，你不会回信，就这样吧……"

当真爱遭遇段子手
——终风且暴,顾我则笑

终风且暴,顾我则笑。谑浪笑敖,中心是悼。
终风且霾,惠然肯来。莫往莫来,悠悠我思。
终风且曀,不日有曀。寤言不寐,愿言则嚏。
曀曀其阴,虺虺其雷。寤言不寐,愿言则怀。

《邶风·终风》

大意:

大风越刮越狂暴,你对我戏弄又调笑。戏谑孟浪又放纵,我的心中满伤悼。

大风刮得尘土扬,如果爱我定光顾。如今负心不再来,令我忧思难化解。

大风刮得天昏暗,满天乌云无阳光。半夜难免独私语,愿你想我打喷嚏。

天色阴沉又晦暗,轰轰雷声震天响。半夜难免独私语,愿你回心转意想念我。

张爱玲在《谈女人》里说出一个事实："如果你不调戏一个女人，她说你不是一个男人；如果你调戏她，她说你不是一个上等人。男子夸耀他的胜利——女子夸耀她的退避，可是，敌方之所以进攻，往往全是她自己招惹出来的。女人不喜欢善良的男子，可是她们拿自己当作神速的感化院，一嫁了人之后，就以为丈夫立刻会变成圣人。"

若干年前，胡兰成送张爱玲到弄堂口，并肩走着，他忽然说："你的身材这样高，这怎么可以？"只这一句话，就把两人的距离拉近了。"这怎么可以"的潜台词是从两个人般配与否的角度去比较的，前提是已经把两人作为男女朋友放在一起看待了。"张爱玲很诧异，几乎要起反感了，但，真的是非常好。"胡兰成对女人总喜欢"冒失"，他第一次对张爱玲说那样的话，是一种含蓄又放肆的试探，有一种刻意的冒犯。撩妹高手，非胡莫属。当然，张女士本人也十分钟情于此等情话，否则，她也不会一度沦陷在一个浪荡才子的爱情里。"雨声潺潺，像住在溪边，宁愿天天下雨，以为你是因为下雨不来。"（《小团圆》）

《倾城之恋》里，范柳原将白流苏接到了香港。第一夜，他跑去了白流苏的房间，白流苏问范柳原来干吗，范柳原说："我一直想从你的窗户里看月亮，这边屋里比那边看得清楚些。"——大写的服！高级的情话都是月亮惹的祸。"月出皎兮，佼人僚兮。舒窈纠兮，劳心悄兮！"（《陈风·月出》）先秦时代陈地的民歌开启了古诗词歌月怀人的传统。日本文学大师夏目漱石把"I love you"译作"今晚的月色真美啊"，他说"日本人是不会这样直接说'我爱你'的"。

司汤达说"真正的爱是不笑的"，他揭露的是爱情中严肃的部分，真爱就是拒绝玩笑和调侃。但任何好的爱情何尝不是始于调情呢？好的感情里都有那么一份鲜活旖旎的状态。我一直觉得中国汉字里的"好"远比"爱"博大精深很多。"好过"比"爱过"生动许多，更有人生况味，

"好"里面亦有"不好"的成分,"好过"后依然可以有"爱",而"爱过"后就是"不爱",充满凋敝。在浩瀚如海的文学史实中,这样的片段还有很多。作为一枚文学史八卦爱好者,读到这样的爱情故事时总会想到:"当你们调情的时候,你们在调些什么?"

《邶风·终风》这首诗写的就是女子因爱人的肆意调戏而感到悲凄,最终遭遇遗弃。"终风且暴,顾我则笑。谑浪笑敖,中心是悼。"一个语言轻浮爱戏谑,一个稳重本分爱得深。王尔德讲"逢场作戏和终生不渝之间的区别只在于逢场作戏稍微长一些"。这位丈夫,只是调情从未动情,也或者是玩笑的姿态过了头,让女子觉得爱情被亵渎。

《诗经》里还有一首《山有扶苏》,也是关于"调情"的。描写男女约会时女子对男子的戏谑、俏骂。

  山有扶苏,隰有荷华。不见子都,乃见狂且。
  山有桥松,隰有游龙。不见子充,乃见狡童。

陈子展《诗经直解》:"疑是巧妻恨拙夫之歌谣。'不见子都,乃见狂且',犹云'燕婉之求,得此戚施'也。"关于诗中所写的情景,读者不妨这样想象:一对恋人约定在一个山清水秀的野外僻静处幽会。姑娘早早就来了,可是左等右等却不见心上人来。最后,总算见着了姗姗来迟的爱人。姑娘心里当然很高兴,可嘴里却责怪说:"我等的人是子都那样的美男子,可不是你这样的狂妄之徒啊!我等的人是子充那样的良人,可不是你这样的狡狯少年啊!" 明明是双方相约而来,偏说对方非己所爱,心爱叫冤家,可见其性格的爽朗善谑。面对这种伶牙俐齿的俏女子,男子只能甘拜下风,小儿女的情态在诗中被刻画得入木三分,这姑娘也是段子手一枚啊!

弋舟的小说《我们的踟蹰》探讨了都市人的情感困境，作者借笔下的人物李选，对乐府诗《陌上桑》进行了一番阐释："在李选看来，这更像是一则斗富的故事，罗敷用来抵挡诱惑的本钱，是杜撰出比诱惑者更有说服力的家底。不知为什么，李选觉得这个古代女子将自己的男人说得天花乱坠，完全是一种自我虚构……如果一个女人，身后有着罗敷所形容出的那个夫君，她还会被这个世界所诱惑吗？……李选想，这个古代女人其实是在自吹自擂，外强中干，用一个海市蜃楼一般的丈夫抵挡汹涌的试探。没准，那位凑上来的太守灰溜溜地一走开，罗敷进屋就会哭得上气不接下气吧？"

在此前，我没有考量过《陌上桑》的深意，"使君从南来，五马立踟蹰"。这首美丽的汉乐府诗讴歌采桑女秦罗敷的美貌与操守，面对权贵，秦罗敷机智应对，以盛赞自己夫君才貌的方式回绝了对方的无理要求。对于教科书上的这种阐释，我甚至深信不疑，"秦罗敷身上体现了传统女性的坚贞、睿智的品质，几千年来，成了人们心中理想化的女性形象"。

现在再读，我觉得罗敷对使君实在用力过猛，他不过是随便说一句"不如我们喝一杯吧"，跟田间少年的心动并无二致，更重要的是，为什么罗敷不拒绝了事，要绕那么大一个圈子，还要层叠起伏地描述她很有可能是拟想出来的夫婿呢？罗敷有无夫婿已无从考证，她若是位贵夫人又怎会到陌上采桑呢？是为了体验民生多艰还是玩行为艺术？她的夫婿听起来更像一只蚕："十五府小吏，二十朝大夫。三十侍中郎，四十专城居。为人洁白皙，鬑鬑颇有须。盈盈公府步，冉冉府中趋。坐中数千人，皆言夫婿殊。"也许那只是罗敷暗自盘算时的灵机一动，信口开河。其中有对使君张狂的抵制，但也有怨艾、委屈乃至挑逗。是的，她的寂寞被使君看穿，她才以看似让使君自惭形秽的方式去反击对方，这反击里面难道没有更为激越的邀请？我甚至怀疑她对这难得的搭讪示好有些心动了，才会说那么多吧。罗敷的美是雅俗共赏也是孤芳自赏。生活中倒有不少高冷范儿十足的美才女，无论是外界的褒奖还是异性的奉承，一概笑而远之，成人世界里最具杀伤力的武器，非沉默莫属。

《陌上桑》里流露的不正是始于《诗经》而盛于当下的"调情主义"吗？用现代人的口头禅就是"认真你就输了"。

《我们的踟蹰》中说到男女的困惑："是什么，使得我们不再葆有磊落的爱意；是什么，使得我们不再具备死生契阔的深情？"这也是从古至今无解的爱情喟叹。弋舟写道："不谈情，一切好像就自然了。"

古今学者一般都将《终风》定义为弃妇诗，爱情失衡，伤感情怀肯定有，但站在今天的角度看，我觉得顶多算个性不合吧。男主太奔放，女主太矜持。爱上一匹野马你需要一片草原，爱上一个段子手，除了高频配合"哈哈哈"，还必须智商情商旗鼓相当、情趣相投，如此才能体会棋逢对手的酣畅，否则怎么都get不到对方的点，幽默多了也便成了轻浮。我想，"寤言不寐，愿言则嚔"，会不会也是女主日渐强大独立后的调侃与自嘲呢？毕竟诗的情绪在后半部分由愤怨又转为相对平和，"在精神受重压之下，气都喘不出，还能如此温柔敦厚，真比不了"（顾随）。"温柔敦厚"，是因为真的放手了，她面对他曾经的"谑浪笑敖"才会释然。"不谈情，只调情"是爱情的悲哀，谁让他天生不羁爱玩笑。

黄永玉的一篇文章中大致写道：如果说人生如戏台，才有意思得多。在"前台"演戏，真正的"我"在后台。一人独处，排除了忌讳，原形毕露，"我与我周旋久，宁作我"。所以，罗敷也罢，弃妇也罢，或者深谙"喜欢是放肆，爱是克制"的现代男女，在经历了情感的沧桑后，最终，都会选择"宁作我"吧。

在战火中穿梭,愿你毫发无损
——执子之手,与子偕老

击鼓其镗,踊跃用兵。土国城漕,我独南行。
从孙子仲,平陈与宋。不我以归,忧心有忡。
爰居爰处?爰丧其马?于以求之?于林之下。
死生契阔,与子成说。执子之手,与子偕老。
于嗟阔兮,不我活兮。于嗟洵兮,不我信兮。

《邶风·击鼓》

大意:

战鼓擂得震天响,士兵踊跃练武忙。国内劳役筑城墙,我独从军到南方。
跟随统领孙子仲,陈宋纠纷得平定。不能让我回卫国,致使我忧心忡忡。
何处可歇何处住?跑了战马何处寻?哪儿能找我的马?丛林深处大树下。
生生死死不分离,我们早已立誓言。让我握住你的手,一起相伴直到老。
可叹相距太遥远,没有缘分重相见。可叹分别太长久,难以实现我誓言。

没有读《击鼓》之前，不曾想到"死生契阔，与子成说。执子之手，与子偕老"这句后世用来表达深沉的爱的誓言出自一首战地诗歌。我们第一次踏进《诗经》时代的战争现场，耳边犹然响起两千多年前的战鼓镗镗。

这一年是鲁隐公四年（前719年），卫国公子州吁联合宋、陈、蔡三国伐郑。此说由《毛诗序》首倡："卫州吁用兵暴乱，使公孙文仲将而平陈与宋，国人怨其勇而无礼也。"在前人研究中，此说影响最大，三家诗亦无异议。各家说法的分歧主要在于对卫国出兵的原因的解释。造成这种分歧的原因主要是《左传》和《史记》对此事记载的差异。不管是哪种背景，可以肯定的是：它反映了一个久戍不归的征夫的痛苦和思念。

第一章总言卫人救陈，平陈宋之难，叙卫人之怨。诗本以抒写个人愤懑为主，这是全诗的线索。《鄘风·定之方中》毛诗序云："卫为狄所灭，东徙渡河，野居漕邑，齐桓公攘夷狄而封之。文公徙居楚丘，始建城市而营宫室。"文公营楚丘，这就是诗所谓的"土国"，到了穆公，又为漕邑筑城，故诗又曰"城漕"，即"土国城漕"。一场战争打响，他是那个主战国队伍里的一个普通小兵，跟随他的将领公孙文仲，踏上茫茫征途。他竟然非常羡慕那些拉土筑城的人。"土国城漕"虽然也是劳役，但是他们有家可归。而"我独南行"，君子于役，不知其期。第二章末两句云"不我以归，忧心有忡"，叙事更向前推进，情绪也更加沉重。

第三章写安家失马，似乎是题外插曲，其实别有深意。马是农耕社会运输、耕田役使的大家畜之一，也是战士最得力的助手和最亲密的伙伴。我们只要读一读《小雅·采薇》中对战马的赞颂："驾彼四牡，四牡骙骙。君子所依，小人所腓。"就可以知道它在征人心目中的地位。"马上得天下"是对马之于人重要性的绝妙概括。从精神层面上来分析，马的意义被神化,"飞而在天则为龙,行而在地则为马"(郝经《虎文龙马赋》)。《淮南子·说林训》指出:"人欲莫学御龙,而皆欲学御马。"尚本务实的中国古人在现实中的马身上,看到了想象世界中龙的风采。马所洋溢的意气风发、蓬勃向上的阳刚之气,有效弥补了古人对龙企盼的缺憾,马遂成了龙在现实中的替代物,"龙马精神"就是对二者结合的最恰切的写照。

而此时,"爰居爰处?爰丧其马?"不仅没有"龙马精神",还把赖以"所依""所腓"的战马丢掉了,后面主人公的战马又失而复得,原来它跑到山林里面去了。如果说战马的丢失,意在暗示这支部队军纪的涣散,那么这场虚惊更突出地反映了征人的神思恍惚、丧魂失魄之状。征人的这种精神状态固然与这支军队的疲于奔命、士无斗志有关,但更重要的恐怕还是他对家乡的思念和对亲人的挂牵造成的。

接下来的第四章,便是吟诵了千年的金句"死生契阔,与子成说。执子之手,与子偕老"。诗人回忆当年离家南征与妻子执手泣别的情形,当年,两人曾立下誓言,今生今世不管生死祸福,我都要为你守候,我怎么也没有想到,如今实现不了我的诺言,我除了哀叹只有哀叹。

关于这句还有另一种观点,即抒发战友间的感情。东汉郑玄在他的《毛诗笺》中解释这首诗说:"从军之士与其伍约:死也,生也,相与处勤苦之中,我与子成相说爱之恩,志在相存救也。执其手,与之约,示信也。言俱老者,庶几俱免于难。"现代人赵缺在他的《那些年,我们读错的诗经》一书中认为"执子之手,与子偕老"是男人间的约定。而朱熹、欧阳修、范处义、杨简、方玉润、钱锺书等人倾向于认为这首诗是爱情诗。

我以为,如果仅仅看"死生契阔"两句,将其理解成深挚的战友情也未尝不可,但"执子之手,与子偕老。于嗟阔兮,不我活兮"则展示了爱情里才有的牵挂，我们当然有理由相信一个深情的人对家庭、爱人、战友、国家也都是忠贞不渝的。

"于嗟阔兮，不我活兮。于嗟洵兮，不我信兮。"这首诗最动人心魄的部分也在这里，那是诗人在战火无情之下，生命最热烈的渴望和情感最绚烂的绽放；在生死未卜之时，爱情无疑是最好的慰藉，最浪漫的感情往往出现在最残忍的战争中，"可怜无定河边骨，犹是春闺梦里人"。战争的血腥和惨痛不只在"烽火连三月"的厮杀中，每个个体的沉痛叙事，更能感知悲剧的重量。反映"二战"的电影《我们的父辈》第一次从德国人的视角看"二战"，让人震撼。战争能把人性中最丑陋的一面挖掘出来，生命在战争机器的碾压下微不足道。战事越拖越久，补充的新兵越来越年轻，到后来，十二三岁的孩子也上了战场。弗里德汉姆阻止一腔热血的新兵做自我介绍："过四个星期，如果还活着，再来告诉我你的姓名。"活生生的年轻生命，只需要被称呼一号、二号就足够了，他们不过是一个个冰冷的数字符号的代言人。如影片中说的："大多数人认为战争是由拼搏组成的，其实不是。战争是等待，等待下一次进攻，等待下一顿饭，等待明天……"

还有另一部电影《冷山》，美国南北战争中，战火纷飞，兵燹四溢，民众的生活更是颠沛流离，主人公艾达与英曼的爱情才刚刚燃起，无情的战争令他们天各一方。然而千山万水也无法阻隔他们对彼此的爱与思念，唯有书信牵系着他们，这是他们彼此唯一的精神寄托。只是在那样的乱世中，很快书信也无法畅通寄达，当一切了无音信时，艾达能做的唯有等待。这部电影，不就是美国版的《击鼓》吗？

战争不仅仅是人性的检验器，也是一种考验，它用它那独有的专横暴戾、兵戈血战来考验受难者的生存能力和精神支撑。当然，人往往在战争面前显得异常脆弱和渺小，电影《冷山》中有一句台词："不仅军队在战场上败退,留守后方的人也在输掉这场战争。"姑且不论士兵们在尸横遍野的战场上的心理冲突,就拿艾达来说,作为唯一依靠的父亲的猝然离世,以及战乱带来的社会的萧索衰败,无疑都给这位孤零零的女子造成了巨大的精神苦痛。她对英曼依稀而朦胧的爱和苦守等待成了她最重要的精神支柱,无尽的思念和担忧化作一百零三封饱含真挚情感的书信。艾达在农家姑娘露比的帮助和引导下也逐渐学会独立自给,并重燃对生活的信心,涌起重建家园的渴望。若将英曼漫长艰辛的跋涉看成是奥德赛式的对家园的追寻和对重聚的渴盼,那么,艾达内心的挣扎及忍受孤独、等待爱人的过程则是人类面对重大灾难时精神不灭的注脚。

无论古今中外,战争背景下的爱情总在阐释一个亘古不变的主题,吟咏出无数女子的永久情愫——等待。

《古诗十九首》也有类似的离歌:"行行重行行,与君生别离。"法国历史学家雷蒙·阿隆说:"历史是由活着的人和为了活着的人而重建的死者的生活。"而诗歌则给我们展示了历史——尤其是战争的历史——带给人类的伤痛以及伤痛背后的参差百态和灵魂动向。正因为心里还有光,如英曼所言"是你让我免于堕入命运无际的深渊",也正因为"爱人们的灵魂都在高高的星空安息",所以在残酷的战争年代我们才会以无限的勇气说出"执子之手,与子偕老"。

是拳拳寸草心还是巨婴之歌?
——凯风自南,吹彼棘心

凯风自南,吹彼棘心。棘心夭夭,母氏劬劳。
凯风自南,吹彼棘薪。母氏圣善,我无令人。
爰有寒泉?在浚之下。有子七人,母氏劳苦。
睍睆黄鸟,载好其音。有子七人,莫慰母心。

《邶风·凯风》

大意:

和风煦煦自南方,吹在枣树嫩芽上。枣树芽心嫩又壮,母亲勤劳又辛苦。

和风煦煦自南方,枣树成柴风吹长。母亲明理又善良,儿子不好不怨娘。

寒泉之水透骨凉,源头就在浚邑旁。母亲养育儿七个,儿子长成累坏娘。

黄雀婉转在鸣唱,悦耳动听真嘹亮。母亲养育儿七个,不慰母亲不应当。

"凯风"到底是什么风呢？

从字面意思看，是和煦的南风，南风吹来，草木欣欣向荣，因而被认为是长养之风。酸枣的树苗，幼小的时候颜色赤红，人们称其为"棘心"。"夭夭"指旺盛繁茂。"劬"意为辛苦操劳。"棘薪"指已经长大的酸枣树。

这是一首儿子歌颂母亲并自责的诗，诗中把"凯风"比作母亲，把"棘"比作孩子。凯风吹拂在身上带来阵阵暖意，就像孩子感受到母亲的慈爱温暖。末句中那小小的黄鸟犹能以好音取悦于人，而七个儿子却不能慰悦慈母之心，由这种对比来衬托儿子自责之深及对母亲的感恩之情。这种风，一言以蔽之，就是母爱的和煦之风。

今天，小学生都会吟诵唐人孟郊的《游子吟》："谁言寸草心，报得三春晖。"此诗确实好，可惜把母爱太琐细化了。殊不知，《凯风》仅仅从艺术手法上来看，就比孟诗要高明得多。钟惺评价道："棘心、棘薪，易一字而意各入妙。用笔之工若此。"（《评点诗经》）刘沅也说："悱恻哀鸣，如闻其声，如见其人，与《蓼莪》皆千秋绝调。"（《诗经恒解》）正因如此，"凯风"二字也就成了母爱的代名词，母爱之歌，以《凯风》为滥觞。

后世人为妇女作挽词、诔文，常常用"凯风""寒泉"来写其母爱精神。汉魏乐府中有一首游子思念母亲的诗《长歌行》，多半是从《凯风》一诗延化出来的："远游使心思，游子恋所生。凯风吹长棘，夭夭枝叶倾。黄鸟鸣相追，咬咬弄好音。伫立望西河，泣下沾罗缨。"苏东坡在《为胡完夫母周夫人挽词》中，也有"凯风吹尽棘有薪"的句子。

我们今天一定都听过《七子之歌》。这首歌在澳门回归那年唱遍了大江南北，它来自闻一多先生在1925年为澳门、台湾、九龙等地写的七首组诗，而组诗创作的灵感正是来自《凯风》。

那么，《凯风》这首诗只是一首单纯歌颂母爱的诗吗？

关于《凯风》的主题，说法不一。《毛诗序》说："《凯风》，美孝子也。卫之淫风流行，虽有七子之母，犹不能安其室。故美七子能尽其孝道，以慰母心，而成其志尔。"这是说卫国这个地方风俗淫逸，这位母亲已经有了七个孩子，丈夫去世后，还想改嫁。儿子们没有因为母亲想改嫁而责怪她，而是反躬自省，认为自己没有尽足孝道，所以作了这首诗。母亲被儿子们的诗感动了，最终没有改嫁。朱熹《诗集传》承其意，进一步说："母以淫风流行，不能自守，而诸子自责，但以不能事母，使母劳苦为词。婉词几谏，不显其亲之恶，可谓孝矣。"

孟子与一个叫高子的人也有过一段关于《凯风》的对话。高子问："《凯风》为什么没有怨气？"孟子说："《凯风》中，亲人的过错小；《小弁》中，亲人的过错大。亲人过错大还没有怨气，是愈加疏远。亲人过错小而有怨气，就是受不了一点委屈。愈加疏远，是不孝；不受委屈，也是不孝。"孟子认为，真正的孝就是对亲人小错的容忍，这才反映了对亲人的亲。这正是"仁"这一内在情感的外在表现。孟子所谓的"小错"，就是指这位母亲想改嫁。

《孝经》云："父有争子，则身不陷于不义。则子不可以不争于父，臣不可以不争于君；故当不义，则争之。从父之令，又焉得为孝乎！"子女为了不使父母"陷于不义"而尽心尽力地耐心劝谏，是出于自己的本心善意。明知父母要行不义之事，子女却不劝谏，是"三不孝"之首，亦即"陷父母于不义"，这当然不是"孝顺"。"你老了老了还不知好歹，我们当儿子的不好说，您也得想想自己的好名声。"以儒家道德为标准，这七子固然称得上"孝"。

这引出一个深刻的社会问题，即在古代中国，一位死了丈夫的妇女到底应不应该改嫁。按照中国传统道德的要求，妇女要遵守"三从"之德：在家从父，出嫁从夫，夫死从子。宋明时期，对妇女思想的束缚更严，程颐明确反对寡妇改嫁，提出"饿死事极小，失节事极大"观点。这一问题，直到近代也还存在，应该算一个深刻的社会问题。所以孟子说，对诗的理解要能"知其人，论其世"。我们读一首诗，不仅仅是欣赏一篇文学作品，也是在探寻历史与社会，探寻人性及真理。

《诗经》自汉代起，就是一部诗谜集。大部分诗中仿佛有人，好像有故事，有扑朔迷离的情节，但因为文献不足，后人却没法看清这些，这就造成了阐释难度的加大。在与古代的文化背景差异极大的今天，不仅这些诗歌背后的人和事，就连古人生活中习以为常的那些草木鸟兽虫鱼，对于今人而言也像谜一般。但只要结合其写作背景深入探究诗源，还原诗的现场并非不可能。

《诗序》说此诗所写的是"淫风流行"之事，这是因为"六经皆史"。但是，此诗题目为"凯风"，诗句没有任何涉及"淫风"的字眼。六经都是"先王政教之书"，因为是"政教之书"，所以，"六经"都从正面立言。比如《邶风》从卫庄姜言及卫庄公、州吁，而不从卫庄公、州吁言及卫庄姜。

"七子之母，犹不能安其室。"在今天这样一个文明开化的时代，已无甚争议。今天看来，《凯风》一诗的意义，重点不在于七子自责，而是通过自责"有子七人，莫慰母心"来衬托出母爱的伟大。与其说"美孝子"，不如说"美母爱"。更值一提的是，《凯风》虽然是中国文学中最早写母爱的一首诗（另一首是《小雅·蓼莪》），但它的艺术成就从一开始已臻巅峰，后来写母爱的诗文，绝大多数只是歌颂母爱，而《凯风》不仅歌颂母爱，更是把儿子对母亲的复杂心情写了出来。

写母亲的诗词还有不少，由此又想到一人——清代诗人郑子尹。《晚望》一诗中他写道："向晚古原上，悠然太古春。碧云收去鸟，翠稻出行人。

水色秋前静，山容雨后新。独怜溪左右，十室九家贫。"这首诗字面平易，实有锤炼之功，前三联描绘春色之美和恬静闲适之感，最后两句运用以乐写哀的手法感叹民生疾苦。郑子尹诗歌平淡醇厚，是晚清时代诗风的代表。国学大师钱穆指出郑诗的伟大之处在于他的"情味"。

由此，钱穆先生说出一首好的中国诗的特点，就是"诗中有人"，若恰好"人如其诗"，那就极其难得了。

郑子尹三年守孝期间在母亲的坟边筑屋，在那里读书、写作。他模拟母亲的口吻，对母亲生平的言行逐一录载，得六十八条，题名《母教录》，其中有一条写道：

母曰："乞儿在门，多少与之去。其声我不忍久听也，每见人家残羹剩饭，终日不知践踏多少。此辈来，却张威作势，小则笃之，大则鞭之，陵弱暴寡，本事止如此，甚念取也。"

昔日郑子尹每次外出，母亲总会含泪送行，站在宅前溪畔的大桂树下，望着儿子涉水远去，随后在桂树上划指印计儿行之日。我们现在在城里也很难有什么大桂树，更无什么隔溪相望相送了。郑子尹在《母教录》序中说："珍母黎孺人实具壶德，自幼否老，艰险备尝，磨砺既深，事理斯洞。珍无我母，将无以至今日。"

由郑子尹一例，我们可以看出，中国的文学是贴着真实的人生发展的，所以我们到今天还能看见一个真实的屈原，一个真实的陶渊明，一个真实的杜甫。为什么我们现在写不出像苏东坡写给他弟弟子由那样的诗，或是杜甫在老朋友家里吃了一顿韭菜后而作的《赠卫八处士》那样的诗呢？原因在于当下我们很多诗人不再贴着现实走，也不屑于探测自我了。而中国古代，诗还是可以帮助人们抒发、关照、涵养自我的，也就是说，人们通过诗确实可以走上一条真实可触的做人的路。古代诗人作诗是在做人，并试图做一个完人，我们读杜工部，读王摩诘，读陆放翁，确实可以感到他们人格的伟大递进，但又实在无法抵达那种胸襟境界，这大约就是中国太多诗人到一定年龄即作不下去诗的原因。

"西方文学大部分希望全体人叫好，而中国文人只望有一两位知音足矣。"郑子尹在母亲的坟边读书并写诗，他的读者大概只是在泥土里日渐消泯的母亲，他种下的竹子、梅花之类。郑子尹守在母亲的坟边，日复一日，这坟便成了郑子尹的桃花源。

而每个诗人，何尝不需要一个这样的桃花源，但不是所有人都有幸或有意愿有能力为自己营造这样一个桃花源。我们今天读诗的意义也在于此，若能理解中国文学中最真实的人性观照，也不难理解譬如《凯风》背后这样一位再平凡不过的中国母亲。

心理学上惯用"原生家庭"这个概念，它指的是我们出生和成长的那个家庭。现在有越来越多的人开始关注它，并且开始意识到个人的成长脉络对当下生活的影响，这本身是一件好事。与之相关的一个词是"巨婴"，生活中，不论是听到还是看到，都能发现巨婴的影子。巨婴通常都不想长大，他要的是一个全能的、全方位照顾他需求的妈妈。如果妈妈犯错了，就不是一个好妈妈。他们从来没有想过，母亲不是天生的角色，母亲也有自己的局限性，也有犯错的时候，也需要成长的空间。巨婴们除了抱怨指责，很少愿意尝试自己独立起来，为母亲做些什么，或者试图理解母亲。

巨婴们对母亲的爱也仅仅停留在血亲关系的依恋上而非理解上，遑论尊重与平等。当我们对"报得三春晖"朗朗上口时，没有几个人真的明白何谓"寸草心"。

我想起了纪录片《生门》，女性真实的生育过程少有地出现在国内的大银幕上。《生门》五百多小时的素材，记录了八十多个家庭，最终选取四个家庭的四位母亲为主角，但她们的语言表达很少。大多数时候，她们只是露出一张张蜡黄、寡淡、麻木到近乎失智失能的脸。这更像一部中国式"战争片"，"战士"是产妇，她们的敌人有的是金钱或时间，有的是疾病或死亡本身。战斗结束时，有人迎来新生的奖赏，有人被死神召唤。生死之间，有义无反顾，有得失的纠结，亦有深藏的人性和生命的奇迹。每一个参与纪录片的人，都试图重新理解女性生育的本能。

这部片子展示的并非只是母爱的伟大，还有在新生命诞生这个本该充满喜悦的生之门背后所隐藏的现实社会的残酷，以及普世价值的愚昧下人性的私欲。真实的力度使电影犹如一面镜子，观照着我们的生活。

凯风吹彻千年，如果本质上无法理解"母亲"这个词，所有的歌颂都是肤浅的。

岁月忽已晚
——匏有苦叶，济有深涉

匏有苦叶，济有深涉。深则厉，浅则揭。
有弥济盈，有鷕雉鸣。济盈不濡轨，雉鸣求其牡。
雝雝鸣雁，旭日始旦。士如归妻，迨冰未泮。
招招舟子，人涉卬否。人涉卬否，卬须我友。

《邶风·匏有苦叶》

大意：

葫芦熟了叶枯黄，济水深深已可渡。水深你就游过来，水浅你就蹚过来。

济河水深已漫堤，雌雉水边声声啼。水涨车轴浸不到，野雉求偶鸣声传。

又听嗈嗈大雁鸣，旭日东升放光芒。你若真心要娶妻，趁未结冰来迎娶。

船夫挥手频招呼，别人渡河我不争。别人渡河我不争，一心等我心上人。

八月的渡口，葫芦已成熟，叶子微苦。秋天又苦又香，这样的季节适合翘首等待。爱人就在对岸，要是水深，就沾湿了裙角缓缓地过河；水浅的话，就提起裙角步履轻盈地大步向前。《诗经》女子的爱恋真的又含蓄又热烈，可是她们却习惯把爱恋寄托在山河风物里，没有一句说爱与思念，却字字句句都在表白。那微妙的情绪，竟能让现在的我们也为之动容。她是那样喜欢对岸的你，你还等什么呢？

看看岸边草丛里的野鸡们也求偶心切，像凑热闹一样叫得正欢，声声鸟鸣响彻渡口。大雁北飞预告着冬日就要结束，春天就要到来。当济水之冰融化的时候，按古代的规矩便得停办嫁娶之事了。所谓"霜降而妇功成，嫁娶者行焉；冰泮而农业起，昏（婚）礼杀（止）于此"（《孔子家语》），说的就是这一种古俗。了解此习俗，就能懂得女主人公何以对"雝雝鸣雁"特别关注了，连那雁儿都似在催促着姑娘，她又怎能不焦急？满篇情话，不敌女孩子的一个脸红。

《匏有苦叶》通过情境、对话、神态描写，生动再现了一名在渡口等候情人的女子焦灼而又喜悦的心情。在短短的一首小诗里，有山有水，有人有物，诗中有画，画中有诗，情景交融，浑然一体。

在这首诗中，"深则厉，浅则揭"看似挺普通的诗句，后来成为一个典故。这句话的本意是说：若河水深就泅渡而过，若河水浅就提衣蹚过。后来引申为因时制宜、识时达变的意思。《论语》一书就曾在这个意义上引用过这句诗。《论语·宪问》讲了这样一个故事：孔子周游四方，来到卫国，一次偶然在住处击磬，他的忧世之心寓于磬声之中。一个挑筐的隐者路过这里说："听这击磬的声音，有心事啊！"听了一会儿又说："硁硁敲个不停，这是在坚守自己的理想。现在天下无道，世人不接受你的理想，就洁身而退吧。《诗》中不是说'深则厉，浅则揭'，随遇而通吗？你也太不达时务了。"孔子听学生转述他的话之后，叹息说："哎，这个人真的做到忘世了。一个人要想独善其身，置天下于度外，那也没什么难的。但我做不到啊！我不忍看到社会沉沦、人民饥寒交迫啊！"

这个故事讲了圣人孔子与隐者处世态度的不同。隐者是独善其身，知其不可为则不为；孔子志在天下，知其不可为而为之，尽自己最大的力量来拯救天下。在这个故事里，"深则厉，浅则揭"具有一种通权达变的意思。从这个视角看似乎也行得通，《匏有苦叶》这首诗，通篇主旨和论点其实就是用"涉水"比喻"处世"要"待时而动""知深浅知时务"，而后又用野鸡、大雁这样的例子来正反论证，语句非常隐晦，布局也很离奇，内容上粗看没什么连续性，忽断忽连，所以读上去时而好像在讽刺，时而又好像在赞颂，特别能够表现出国风诗歌特有的意趣。诗歌最后又回到"涉水"的主题升华了自己的论述，做一件事情除了要"知深浅，度时务"以外，更要有良朋益友的相伴，也就是所谓的天时地利人和。

但我更愿意把这首诗看作一首单纯的情诗，与政治美刺毫无关系。当褪去了那些被赋予的意义，将诗还原为诗之后，它的格局并不因此而变小。

"招招舟子，人涉卬否。人涉卬否，卬须我友。"这样的故事结局有点像《边城》，望着翠翠一个人孤零零地撑着渡船，守在渡口，等着二老傩送归来时的身影，每一个人都会在心里发问：二老最后回来了吗？小说最后写道："那个人也许永远不回来了，也许明天回来。"沈从文曾言："我要表现的是一种人生形式，一种优美健康自然而又不悖乎人性的人生形式。"也许，这句话是对小说结局最好的诠释。

屈原《九歌》中的《湘君》《湘夫人》《山鬼》等作品都表现了"等待"这一主题。《边城》结尾的别具一格也具有湘楚文化的特点。楚地不是望夫山、望夫石故事的起源地吗？这本身就是一个经典的有关"等待"原型的神话。屈原的《九歌·山鬼》描写的就是一位多情的山鬼，在山中与心上人幽会以及再次等待心上人而对方未来到的情绪，描绘出一个瑰丽而又离奇的神鬼形象。"怨公子兮怅忘归，君思我兮不得闲。山中人兮芳杜若，饮石泉兮荫松柏，君思我兮然疑作。雷填填兮雨冥冥，猨啾啾兮狖夜鸣。风飒飒兮木萧萧，思公子兮徒离忧。"

《匏有苦叶》中的女子是否能等来自己的意中人呢？同样，那个人也许永远不会出现，也许明天就会出现。重要的是，她有铿锵有力的决心——"人涉卬否，卬须我友"。

闻一多曾评价这首诗："这诗近唐人后的古诗，平铺直叙，散的，与以前往复沓踏之歌谣体不同。而且，这诗又是特殊的、个人的，慢慢变成近代的歌之形式了。"扬之水先生也说："《匏有苦叶》中的渡头风物也都是清朗明亮，济渡之车，求偶之雉，深厉浅揭涉水之人，生活中的平常，是人生也是天地自然中的平常。怀藏着自家温暖的心事，便看得一切都很自然，都很美好。无须排挤什么，无须标榜什么，心中的一点挚爱，一点温存，就和这眼前景致一样天经地义。"

当我一次次走进那个粗粝蛮荒的远古时代，我经常为诗经中的女子感动。这个时代，大家接受了太多碎片化的信息和良莠不齐的价值观，现代文明在给人类提供了一系列便捷，让人类的物质生活飞跃上升后，也让人们活得更紧张更没有安全感。我们作为个体，究竟要朝哪个方向生活？信念是什么？追求的是什么？我们还愿不愿意付诸等待，无论是对心中挚爱还是理想？这也是我们今天读《诗经》的意义所在吧。诗中很多美好的故事都是发生在河边的，它甚至不是一个存在于世上的真实地点，更像一个乌托邦，精神的归宿地。让我感恩的是，我试图走进他或者她的内心，我所写下来的这一切感受，给了自己很深的滋养，我愿意主动停留步伐，让生活变得缓慢。

在我阅读、写作诗歌的时候，有一个很明显的感觉：当代诗歌题材虽宽泛，但就情感的淬炼上还是不足，今天诗人们想要表达的各类情感，《诗经》里基本都有了。也许这只是我个人的困境与障碍，《诗经》之所以能超越时空局限，之所以有亘古迷人的魅力，至今仍然能打动人心，不仅因为它是先民社会生活百科全书式的呈现，更因其洋溢着强烈的平民心声、人伦大爱、家国情怀，它表达了人类永恒的万古愁。《诗经》中的"情感"，有些至今仍原始不变，有些异化了，有些中断了，有些则进步了。我试图把《诗经》里的爱情整理出来，在当代展开；把《诗经》里的植物全部整理出来，看它们消失了多少，看它们今天还幸存着的样子……

"等待"至今依然是文学表达的母题之一。"招招舟子，人涉卬否。人涉卬否，卬须我友。"表达的何尝不是一种忠于自我的初心？并不期待"君心似我心"，先有爱的依依情怀，再指向爱的对象，那是一种在渺茫无人的雪山顶峰，有另一个人拿着灯火在非近非远处，彼此隔空相望的感觉。抑或那个人只是凭空想象出来的，又有什么关系？等待是一个巨大的悬念，一旦结果出现，可能性消失了，诗意和想象也就消失了。

电影《大河恋》中，父亲在保罗的葬礼上说："在我们生命中，有那样一些人，无论我们与他们多么亲近，无论我们多关切他们，我们仍旧无能为力。可是后来，我开始明白，无论我们对他们有多么不了解，我们至少还是可以爱他们的。"

这爱里，自然包含着无望又无畏的等待。那个人也许永远不会出现，也许明天就会出现……

写诗的人"假正经"
——燕婉之求，蘧篨不鲜

新台有泚，河水弥弥。燕婉之求，蘧篨不鲜。
新台有洒，河水浼浼。燕婉之求，蘧篨不殄。
鱼网之设，鸿则离之。燕婉之求，得此戚施。

《邶风·新台》

大意：

新台明丽又辉煌，河水洋洋东流淌。本想嫁个如意郎，却是丑得蛤蟆样。

新台高大又壮丽，河水漫漫东流去。本想嫁个如意郎，却是丑得不成样。

设好渔网把鱼捕，没想蛤蟆网中游。本想嫁个如意郎，得到却是驼背汉。

"新台之丑"这个成语的典故便出自这首《邶风·新台》,卫宣公替其子迎娶媳妇,贪其美色,纳为己有。这个成语即指翁媳之间有暧昧的关系。

"新台华丽又辉煌,河水绵绵东流逝。本想嫁个如意郎君,不想却变成癞蛤蟆。" 公元前718年,相传卫宣公为他的儿子伋聘齐国公主宣姜为妻,后听说齐国公主极为貌美,好色的卫宣公就想据为己有,并想出了一个骗亲计谋。他先把公子伋派遣到宋国,再在送亲的路上修建了新的宫殿,即新台。等送亲的队伍到来后,卫宣公就在新台娶了宣姜。小公主盖着盖头,稀里糊涂地行了礼。直到进入洞房,宣姜才发现,当初说客话中的俏郎君变成了一个老头儿。事情败露后,由于政治的原因,齐国只能哈腰附和。美丽的公主宣姜开启了她不幸的一生,童话里都是骗人的,这一回,癞蛤蟆并没有变回英俊王子,卫国人就作了《新台》这首诗来讽刺此事,癞蛤蟆吃天鹅肉的梦想就这样实现了。十多岁的公主反倒成了意中人的后妈,后人就把翁媳之间的暧昧关系称为"新台之丑"。

卫宣公死后,齐国不忍宣姜公主寡居,强迫卫国把宣姜公主配给公子顽。这个弱女子,不能自主婚姻,本应是公子顽的嫂嫂,结果变成庶母,继而又成为他的妻子,她的哀怨与不幸成了卫国上上下下谈论的话题。但讽刺归讽刺,宣姜的命运却已注定,不可改变了。宣姜死于何年,没有记载,如无名花草凋落在卫国大地上。

诗中有一比:"鱼网之设,鸿则离之。"打鱼打个癞蛤蟆,是非常倒霉又非常无奈的事。古今诗歌中以捕鱼、钓鱼喻男女求偶之事的民歌很多。例如汉乐府民歌《江南曲》:"江南可采莲,莲叶何田田,鱼戏莲叶间。鱼戏莲叶东,鱼戏莲叶西,鱼戏莲叶南,鱼戏莲叶北。"《僮人情歌》:"天上无风燕子飞,江河无水现沙磊。鱼在深塘空得见,哄哥空把网来围。"《新台》中所写的就是女子对婚姻的幻想和现实的相悖，这二者构成异常强烈的对比，产生了异乎寻常的艺术效果，强烈地表明：宣姜可真是倒霉透了。诗中"河水弥弥""河水浼浼"，亦似有暗喻宣姜泪流不止之意，就如《卫风·氓》"淇水汤汤，渐车帷裳"，以及辛弃疾《菩萨蛮》"郁孤台下清江水，中间多少行人泪"所表现的那样，渲染出一种浓厚的悲剧氛围。

　　《新台》一诗对后世的影响主要体现在对社会伦理的认识方面，"新台"一词因此被用来比喻不正当的翁媳关系。封建道德的虚伪性，表现在它的对下不对上。这是绝对的不公平。统治者要求百姓遵从礼教，自己却寡廉鲜耻；要求百姓忠贞不贰，自己却两面三刀。道德沦丧之事，上层社会没有一代无之，卫宣公只是一个典型的例子，后来的唐明皇也受"新台"之讥。

　　有关唐玄宗与杨贵妃的爱情故事，正史、野史中的记载不乏其数。其中当数白居易的《长恨歌》流传最为广泛："七月七日长生殿，夜半无人私语时。在天愿为比翼鸟，在地愿为连理枝。"后世更多的是从爱情角度而非乱伦角度理解二人，不得不说《长恨歌》起到了非常大的作用。"真爱"发生在帝王身上的概率少之又少，难得有此一例，人民群众当然愿意拥护此等喜闻乐见的真情版本。

　　"燕婉之求，蘧篨不鲜。"多么痛的领悟！"新台之丑"的另一经典演绎版本，则是在《红楼梦》里——焦大那番惊天动地的醉骂。焦大是在宁国府当差的老仆人，也是宁国府的功臣，忠心不二，敢于直谏，却被贾蓉、王熙凤等仇视，被一群家丁羞辱，可谓悲哉。"我要往祠堂里哭太爷去。那里承望到如今生下这些畜牲来！每日家偷狗戏鸡，爬灰的爬灰，养小叔子的养小叔子……"其中的"爬灰"是指贾珍和秦可卿的一段不伦恋，最终导致秦氏"淫丧天香楼"。

再回到《新台》，现代人的理想主义情结使然，都想要"燕婉之求"。设想齐姜作为一个青春少女，一定不会甘愿嫁一个糟老头子。因而，在诗中自叹命运不好，以"河水弥弥""河水浼浼"比喻齐姜留下的委屈眼泪。其实，当时她也没见过公子伋，不论是嫁给谁，都没有半点感情基础，而且这个时候的宣公并不是我们想象的那样又老又丑。十六岁的公子伋是宣公在尚未做国君时和夷姜通奸而生的，娶齐姜时充其量不过三四十岁。"燕婉之求，得此戚施。"所谓"戚施"就是驼背不能抬头，就好像没脖子的癞蛤蟆。这只不过是诗人用来咒骂宣公的一种夸张手法。事实上，这位齐姜一变而为宣姜之后，心态就发生了极大的变化。为了让自己儿子当上太子，宣姜视公子伋为眼中钉、肉中刺，天天在卫宣公面前说伋的坏话，离间他们父子之间的感情。长此以往，老而昏庸的卫宣公终于受不了宣姜的蛊惑，下狠心要杀死公子伋。

而宣姜的儿子姬寿与太子伋却是好兄弟。正是这对兄弟肝胆相照、争相赴死，缔造了春秋时期一段可歌可泣的兄弟神话。《邶风·二子乘舟》中将继续诉说他们的情谊。

你身上升起的璀璨光芒
—— 如切如磋，如琢如磨

瞻彼淇奥，绿竹猗猗。有匪君子，如切如磋，如琢如磨。
瑟兮僩兮，赫兮咺兮。有匪君子，终不可谖兮。
瞻彼淇奥，绿竹青青。有匪君子，充耳琇莹，会弁如星。
瑟兮僩兮，赫兮咺兮。有匪君子，终不可谖兮。
瞻彼淇奥，绿竹如箦。有匪君子，如金如锡，如圭如璧。
宽兮绰兮，猗重较兮。善戏谑兮，不为虐兮。

《卫风·淇奥》

大意：

眺望淇水弯弯岸，绿竹葱葱映两岸。文采斐然美君子，如同象牙经切磋，如同美玉经琢磨。
神态庄重胸怀广，光明显赫胸磊落。文采斐然美君子，见过如何能忘却。
眺望淇水弯弯岸，绿竹青青枝叶繁。文采斐然美君子，晶莹良玉垂耳边，宝石镶帽如星闪。
神态庄重胸怀广，地位显赫更威严。文采斐然美君子，一见难忘记心田。
眺望淇水弯弯岸，绿竹葱茏连一片。文采斐然美君子，如金如锡质精坚，如圭如璧性纯洁。
宽宏大量真旷达，登车凭倚貌从容。言谈风雅妙趣生，平易待人无妄行。

《淇奥》所写乃理想的、标准的男性——君子。

无论美女还是君子，按中华传统的审美，都需内外兼修。

作为中华民族的集体形象，君子是先人在各个历史时期共同推崇的理想人格，是中华儿女独特的集体创造。

《淇奥》是《诗经》中一首赞美男子的诗歌。全诗三章，每章九句。诗采用借物起兴的手法，每章均以"绿竹"起兴，借绿竹的挺拔、青翠、浓密来赞颂君子的高风亮节，开创了以竹喻人的先河。

《毛诗序》说："《淇奥》，美武公之德也。有文章，又能听其规谏，以礼自防，故能入相于周，美而作是诗也。"这个"武公"，是卫国的武和，生于西周末年，曾经担任过周平王（前770—前720年在位）的卿士。史传记载，武和九十多岁了，还是谨慎廉洁，宽容别人的批评，接受别人的劝谏，因此人们很尊敬他，并作了《淇奥》这首诗来赞美他。《毛诗序》的说法，是获得多数研究者认同的，因为诗中描写的不是一般的贵族，而是诸侯一级的人物。

首章"有匪君子，如切如磋，如琢如磨"，刻画了一位文采斐然、积学渐修，不断自我磨砺的君子形象。这样气度非凡的君子，怎么会被人忘却呢？第二章，"有匪君子，充耳琇莹，会弁如星"，他仪表高雅，服饰华美，悬挂在帽子两旁的玉石晶莹有光泽，帽子上镶嵌的宝石如繁星闪烁。这样高贵的君子，怎么会被人忘却呢？诗的第三章，"如金如锡，如圭如璧"，形容他的道德像反复冶炼提纯的金和锡那样纯粹，他的志向和信誉像代表神圣的礼器圭和璧那样高尚。这位君子不仅道德修养很高，性格也宽厚温和，而且谈吐巧妙，幽默风趣。这样的君子，怎能不让人爱戴呢？

"竹色君子德"，古人见竹疏朗潇洒，常以竹喻君子，见竹如见君子。"充耳琇莹，会弁如星。"这位君子举手投足间透着超凡脱俗的气质，《诗经》中确实很少这样集中夸赞一位男子的相貌。

诗中的"如切如磋，如琢如磨"一句，后引申为学问上的研究、探讨，指共同研究学习，互相取长补短。《孔丛子》记载，（孔子）曰："于《淇奥》，见学之可以为君子也。"指的就是由切磋琢磨使学问、德业渐进从而成为君子的过程。正如《荀子》所说："人之于文学也，犹玉之于琢磨也。《诗》曰：'如切如磋，如琢如磨。'谓学问也。和之璧，井里之厥（石）也，玉人琢之，为天子宝。子赣、季路，故鄙人也，被文学，服礼义，为天下列士。"

关于"切""磋""琢""磨"这四个字，也有多种解释，一说它们是并列关系，分别对应于古代加工兽骨、象牙、玉、石的工艺方法。另一说"切磋"与"琢磨"为并列关系，但切与磋、琢与磨则为递进关系，切、琢属于粗加工阶段，磋、磨属于精加工阶段，所以"如切如磋，如琢如磨"指的是一个人的美德、学问等由低到高、精益求精的过程。还有说切、磋、琢、磨是逐一递进、由浅入深的关系。不管哪种说法，强调的都是技艺（修为）精益求精的过程。

《论语·学而》记载了子贡与孔子的一段对话：

> 子贡曰："贫而无谄，富而无骄，何如？"子曰："可也。未若贫而乐，富而好礼者也。"子贡曰："《诗》云，'如切如磋，如琢如磨'，其斯之谓与？"子曰："赐也！始可与言《诗》已矣，告诸往而知来者。"

整段话的意思大致是子贡问孔子："假如有这样一个人，他贫穷时不谄媚，富贵时不骄横，你觉得如何？"孔子回答他说："这样也算不错的了，但还不如贫穷时依然乐道，富贵时依然好礼的人。"子贡接着引用了《诗经》里的一句话："《诗》云，'如切如磋，如琢如磨'，说的就是这样吗？"孔子说："子贡，我只讲了一点，你却可以举一反三，从中体会很多，可以跟你讨论《诗经》了。"

"君子"一词早在《易经》中就已出现了，被全面引用到读书人的道德品质层面自孔子始，且被之后的儒家不断完善，成为中国人的道德典范。梁启超以为"君子"两字乃中国特有，君子之美有多方面，古人说尧之德曰"荡荡乎，民无能名焉"。

对"君子"一词的具体说明，始于孔子。《论语》中也有对君子的描述："君子喻于义，小人喻于利。"也就是说，君子走的路始终是一条适宜的正路，而小人则一心看重私利，在一己私利驱使下很容易走上邪路。

对君子的论述，孔子还曾言："君子有九思：视思明、听思聪、色思温、貌思恭、言思忠、事思敬、疑思问、忿思难、见得思义。"（《论语·季氏》）讲得比较广泛，是讲言行中各个方面的总原则。

从道德境界上来说，儒家追求的是圣人，那是最高的理想。但是，孔子为什么要更多强调君子？因为君子虽然不是最高的道德形象，却是以道德为己任的现实中的人。这种现实中的人对于儒家道德的实现具有关键的、特殊的意义，那就是道德的理想不是不可以实现，相反它是现实可行的，就在君子这个现实的个体身上体现出来。因此，在儒家这里，圣人是完满的道德形象，而君子是现实的道德形象。当道德的理想在君子身上实现的时候，孔子想告诉世人儒家思想并不是空中楼阁，而是现实有效的。从这个角度来说，孔子对于君子的道德内涵的确立，具有极为明显的现实指向意义。

所以，君子形象经由孔子的重新塑造，获得了转折性的、根本性的、特殊性的意义。在这一过程中，孔子以非常现实的方式将道德理想放置于君子身上。由此，君子这个形象得以支撑中国传统，并且内化成国人的精神价值，影响至今。

后世儒家对"君子"做了更多的规范和要求，比如君子有"四不"：第一，"君子不妄动，动必有道"；第二，"君子不徒语，语必有理"；第三，"君子不苟求，求必有义"；第四，"君子不虚行，行必有正"。至于历史上典型的君子，那就太多了，伊尹、伯夷、颜渊、子路、子贡、张良、董仲舒、司马迁、班固、诸葛亮、谢安、房玄龄、韩愈、柳宗元、王安石、文天祥、王艮、史可法、颜元、林则徐、陈寅恪、钱穆……每个时代都有，不胜枚举，足见我国的君子风气长盛不衰。

古有君子，今有男神。一直以来和流量明星不沾边的陈道明老师上了热搜，竟然是因为他的白头发。看到照片后，很多人感慨：这还是那个坐在金銮殿上指点江山的康熙爷吗？陈道明确实已经六十多岁了，出道也已三十余年，但与其说他是个演员，不如说他是个文人，在纷繁嘈杂的娱乐圈，他可以出淤泥而不染，可以做到独善其身。他这样说："我无奈于世道，世道也无奈于我。"世人皆醉我独醒，醒的那个人往往是最难的，陈道明算是其中一位。"道"可道，非常"道"；"明"可明，非常"明"。在喧嚣混沌的名利场，陈道明有他自己的"非常之明"，他说："我觉得节制是人生最大的享受，物质的释放、精神的释放都很容易，但是难的是节制。"陈道明把"节制"视为做人的最高意境，显然是恪守了君子之道。

著名作家冯唐的文章《如何避免成为一个油腻的中年猥琐男》一度成为坊间热议话题。春风十里的柔情不再，冯唐这次特别毒舌。但良药苦口利于病，有几条倒算是献给中年男人的箴言。比如不要停止学习，随时随地皆可学习，大脑的运动让思想青春；不要追忆从前，哪怕你是老将军；不教育晚辈，最好也别用自己的经验过度指导比自己更小的人。连岳大叔也写道:"人过四十岁,皮肤会分泌一种特殊的物质,专家说,闻起来像脂肪味与杂草味的混合。不过,实际上的气味可能比较难忍。日本人称之为'加龄臭'或'大叔臭',也是中国人所谓的'老人味'……你的知识可能过时,你的经验未必普适,你的奋斗故事也不动人。即使你的人生可歌可泣,年轻人若不是真心请教,你也不要一再复述。……自重点,中年人,你开始有臭味了。不越界,不打扰别人,多反省,他人劳动,一定给报酬,这样你才能除臭。"(《别在中年开始发臭》)

自从"油腻"一词被冯唐重新发现后,"中年男人"和"油腻"开始被捆绑销售,无论中年男人有什么举动,都能被挖掘出嘲点。玩音响盘串儿是炫富,收藏茶叶茶具是硬拗有文化;年轻人追求爱情叫勇敢,中年人追求爱情就成了猥琐不怀好意;年轻人坚守底线叫有骨气,中年人坚持己见叫固执不会变通。中年确实不易啊!想起俞敏洪给"油腻中年"下的定义——"放弃自己",放弃提升、进步,不去努力改变命运。就是一个字——"懒",不思考,不追求新事物。所以未婚姑娘们也无奈感慨:"不是我想单身,只是迟迟未遇到君子嘛!"

从成功学的角度来讲,提升自己固然重要,但要褪掉油腻的外壳,还需参照古之君子的修身技艺——"如切如磋,如琢如磨",方能达到"内正其心,外正其容"(欧阳修《辨左氏》),无论男女,皆当如此。

今天的现代教育,重实效和功用方面的培养,身为现代人,能做到公众场合"吃相优雅,言行得体"都已经为人所称道了。功利社会,一个人的教养显得格外重要,教养良好的本质,是一个人神气舍心、笃定内敛。君子也不简单等同于绅士,绅士是一种风度,展示给他人的叫风度;而君子是一种人格,在没人看到的地方如何律己才体现真正的修为。后世用来形容男子气度非凡的词,比如,浩然正气、器宇轩昂、玉树临风、风度翩翩、卓尔不群……都是《淇奥》中那位如美玉般璀璨的君子身上的一部分光芒吧。

一念桃花源
——独寐寤言,永矢弗谖

考槃在涧,硕人之宽。独寐寤言,永矢弗谖。
考槃在阿,硕人之薖。独寐寤歌,永矢弗过。
考槃在陆,硕人之轴。独寐寤宿,永矢弗告。

《卫风·考槃》

大意:

筑成木屋山涧间,贤人居住天地宽。独眠独醒独自言,永记快乐不言传。

筑成木屋山之坡,贤人居如安乐窝。独眠独醒独自歌,绝不走出这山坡。

筑成木屋在高原,贤人在此独盘桓。独眠独醒独自宿,此中乐趣不能言。

《考槃》是一首描写隐士的诗，据传是我国最早的隐逸诗，标题就包含着赞美的意思。《毛传》说："考，成；槃，乐。"朱熹《诗集传》引陈傅良的阐明："考，扣也；槃，器名。盖扣之以节歌，如鼓盆拊缶之为乐也。"

早在上古尧帝时期，中国的隐士就已经存在了。隐士即隐居不仕之士，中国比较出名的隐士有许由、鬼谷子、姜太公等等。后世的隐士，其根本并不在于"隐"的生活方式，而重点在于"士"这个身份。"士"即士族，春秋之前，"士"是整个社会中唯一享有教育权的，并且占据绝对的知识资源储备优势，他们的受教育权代代相传，因而他们所掌握的知识资源也近乎是世袭的。在社会关系里，"士"则为统治阶级和贵族群体传授知识，充当智囊的角色。

纵览古之著名隐士，会发现他们有一个共性，那就是内心冲突，更加确切地说就是文化冲突。如陶渊明厌烦当时的官场不良风气，不愿"为五斗米折腰"，才归隐田园，由一个可以享受俸禄供给的官员，变成了一个自耕自种的农夫。种豆采菊之余，又将自己的山居体悟和情感诉诸笔端，自此让中国的文学多了山野田园的芬芳。而《考槃》中的隐士，虽然并没有表现出他是否因不合流俗而归隐，但从那种怡然自得的神态中可以感知他的自得其乐。"考槃在涧""考槃在阿""考槃在陆"，无论在水涧、山丘、高原，都尽显幽静雅致，使人感受到天地间的大美，隐士幽居于此，独享天地间辽阔的孤独与丰饶。按照蒋星煜在《中国隐士与中国文化》一书中的统计，自尧舜时期一直到民国，期间各种文献中有记载的隐士不下万余人，而其中事迹历历可考者也数以千计，其名称则主要有隐士、高士、处士、逸士、幽人、高人、处人、逸民、遗民、隐者、隐君子等十一种之多。以上这些名称中，最能代表其特征的仍然是"隐士"，所以"隐士"的称呼也最为流行。

看看下面这首诗，可以让你领略一些隐士的精神风貌：

> 天地之间有此身，此身岂肯惹风尘。
> 竹篱茅舍居来稳，纸帐蒲团趣更真。
> 行已作成山水癖，到头不是利名人。
> 使予生遇陶唐世，当与许由巢父伦。

这是宋朝诗人释文珦的诗《天地之间有此身》，诗中提到的许由和巢父就是中国古代最早的隐士，被后世奉为隐士鼻祖。许由和巢父都是和尧同时代的很有名望的高洁之士。尧年龄大了，想请许由代他治理天下，许由不接受。尧又派人去请许由，担任九州牧，请他帮助治理国家。然而，许由认为尧和大臣的那些话污染了他的耳朵，来到颍水河边清洗耳朵。

正在许由洗耳朵时，碰见老朋友巢父牵牛饮水。巢父问许由："你这是在干啥？"许由便将尧和大臣的话向巢父诉说了一番。许由或许是想在老朋友面前显摆，或许是为了博得老朋友的同情，但巢父听了却不屑地说："如果你住在深山高崖，谁能看见你？尧肯定也找不到你。你到处游荡，换取名声，现在却来洗耳朵，在我面前装清高！"他数落了许由，回头牵牛就走。许由纳闷，问："你怎么不让牛喝水了？"巢父头也不回地说："不饮了，我怕你洗耳朵的水脏了我这牛的嘴！"说着，巢父牵着牛去颍水河上游饮牛去了。听了老朋友的话，许由便归隐深山，直至老死。

这就是"饮犊上流"这个典故的来源，故事充分表现了隐士洁身自好、清高自傲、蔑视爵禄名位的精神风范。

谈到隐士，不得不提美国汉学家比尔·波特的《空谷幽兰》一书，此书是他在终南山寻找隐士的记录，作者也对中国的隐士文化提出了自己的看法和评价。全书多采用白描的手法，自由随性，又极富感染力。该书出版之后，引起了海外学习和研究中华文化的浪潮。自此书出版至今，比尔在中国已出了九本书，这些书无一例外地贯穿着两个主题："隐士"和"古代诗人"。其中，《空谷幽兰》最受欢迎，触发了许多人拥向终南山访幽。还有人读了此书后，真去做了隐士。

曾看过一部关于终南隐士的纪录片，主要记录了在终南山修行的修道者。最让我感动的片段是关于一位从东北来的比丘尼，记者问她晚上一个人住在荒山野岭的茅草棚里害不害怕，她说："出家人连生死都置之度外了，还有什么害怕的。更何况我经常宿地诵经忘记了时间。"她讲自己刚进山的时候不认路，那天一过山崖天就黑了，当时想，如果遭遇不测就当作重新投胎，并笑称："希望投身是男的，比二僧有更好的修行。"因为强大的信念，她点了一堆火候到了天亮。这一夜特别静谧，连个鸟叫都没有，更别说野兽了。她曾在四川佛光寺待过，那里各方面条件都挺好，现在选择到山里来就是为了苦修悟道。这位修行者说，山下面有个沙弥，更艰难，目前还没有得到供养，吃得很差，一天只吃一顿饭，有一次把杞树芽子当香椿吃了，身上过敏长满了疙瘩。另有一位师父，止语闭关三年了。山中像他们这样的苦行僧人还有很多。

住山的人，必须有很强的独立生活能力。暴雨过后，一位师父上房修理漏雨的屋顶。他已经住山十多年了，很多后到的住山者都得到过他的热心帮助。他的妹妹也落发住进了另一位尼师的茅棚。他们的茅棚相隔二十分钟的路程。

山中很多修行者是拒绝见客的，之前我多次去终南山，常会看到简陋的柴扉上写着"谢绝参观，请诸位慈悲，多加原谅"。

而另外一种修行则颇具现代感。西安美术学院油画系毕业的青年画家兼诗人二冬，在终南山花几千元租下一处废弃老宅，改造房屋并置办家居用品，就此过起了"悠然见南山"的隐士生活。2014年，他的微信公众号"借山而居"的火爆让很多人在其中找到了共鸣，用一种现代的观点看待隐居。它是对物质的一种重塑，从修建一座屋子开始，对理想生活提出自己的看法，对劳作和居住这两种基本生活状态进行了调整改进。隐居的精神核心并非孤僻和避世，也不是"远离人烟"，而是决心在现成的世界外面重新修建一个居所。隐居者最动人的是他们自己升起的烟火，不是与世隔绝的，而是充满吸引力的。很多人以为他住个一年半载就会逃回城市，他却借山而居已七年，把隐居变成了长居。

某年夏天，我曾和几位朋友去终南山拜访一位"隐士"。他所在的村子并不幽闭，路上时有农家乐小院，也可随处邂逅路人，走着走着手机却没信号了。我们到的时候，那位师父正和当地的农民在一片工地上干活，那是一幢框架已经成形的三层小楼，据说落成后他想把此地作为一个讲经的场所。这位师父样貌清奇，颇具仙风道骨，他话语不多，对人微笑示意却刻意保持着与来访者的距离。

带我去的朋友是虔诚的佛教徒，多次进山拜访或隐居或苦修的师父们，他亲眼所见修行师父们生活的困顿与不便，每次去都会带些米面油等生活必需品。这次自然也不例外，后备箱装满了东西。此次遇到的这位师父，物质不但不匮乏，还相当丰裕。朋友见如此场面，有点不好意思，解释说来之前并不了解情况。师父则云淡风轻表示感谢，笑称自己也做慈善，随即嘱咐别人把东西都分给村里人。

他在此地幽居的院落很快吸引了我们几个热爱拍照的女伴。布局精巧的中式庭院设计，移步异景，别有洞天。随处有绿植，静谧、自然。灰瓦、红墙、飞檐、门洞，中式建筑的细节体现在一点一滴之中。曲径通幽处，透出一种古朴的禅意，也昭示着主人的精神底蕴。室内阵列亦古朴大气，墙上挂的除了一幅心经,还有主人写的四个大字"革新自我",右下角自题"南山散人"。

此地除了师父自己居住,还另开辟了几间客栈。只需要支付极少的费用便可享受山居生活,听师父讲经论道。他同山民同吃同劳动,不亦乐乎。我们不由感慨院落主人的雅逸。我们沿着一段木楼梯登上楼顶改造的茅草屋茶室,清风朗月,席地而坐,惬意释然。有朋友对这个院子格外感兴趣,便热情地与师父攀谈起来,试图多了解一些对方的经历,师父均笑而不答。

大家谈到现代文明对人的伤害,在高楼林立的繁华都市,生存环境充满了竞争和压迫,亲情和友情这些本很普通的感情却在人类生活的大提速中变成了奢侈品。人们贪嗔痴慢疑的不良情绪逐渐蔓延,就像一张无形的网束缚着现代人。境由心造,关于"隐",关于生存,每个人都有自己的理解,愚以为,每个人无论贵贱,无论在山中在闹市,只要他在用自己的诚实劳动换取报酬、踏实生活,就值得被尊重。我等俗人,此刻寻得半晌清净,也是为了体会一番隐逸的乐趣,社会的进步又何尝离得开每一个禁锢在高楼里的"打卡机器"。

记得看过一个报道,1972年,离开哥伦比亚大学后,比尔·波特到台湾佛光山修行,后又辗转到藏于深山的海明寺。悟明法师是台湾有名的高僧,在海明寺住了整整两年半,比尔都没有向这位方丈请教过一个问题,也没讲过一句佛话。"如果要打扰他,必须是一个真问题。但我一旦想到一个问题,自己慢慢就会有答案。"他们交流的都是"吃了没"之类的生活琐事。"佛法就是过生活,大修行者只是和你谈'过生活'。理论都是思想而已,这些东西可能会把你绑起来,麻烦你。"1989年,为了看看"世上是不是还真的有寒山这样的人",比尔决定到终南山寻访隐士。出发之前,他采访了台塑集团创始人王永庆的长子王文洋，问了这样一个问题："你的父亲总对你说，Plastics（塑料），Plastics。将来你还会这样对你的儿子说吗？""不。我会告诉他，跟随道，跟随道。"

很快有新的拜访者到来，师父遂告辞让我们自便。我们长吁了一口气，终于可以任性拍照了。这时我想起曾在山里偶遇的一位气质超然的比丘尼，独自住山八年，当我想为她照张相时，她微笑地看着我："呵，照相，我们又何时不在相中呢？"我无言以对。

在相中也罢，在相机中也罢，长的是磨难，短的是人生，人间总有一些时间需要虚度。我们几个疯狂的女客，竟然把手机都拍到没电。山里的日子总是漫长而缓慢，我想，大部分原因归于手机没信号，WiFi 也不时中断，明明平时没什么要紧电话，我偏偏这个时候担心会不会有人打电话给我。朋友笑谑"你我这等俗人根本就无法隐居"。然而，对于城市中的人来说，置身于滚滚红尘浪滔天，每天面对无数欲望颠沛，若能保持自持修行的坚忍，遵循品德和良知，洁净恩慈，并以此化成心里一朵清香简单的兰花，即使不置身于幽深僻静的山谷，又何尝不能自留出一片清净天地。禅在日常生活中，就是穿衣时穿衣，吃饭时吃饭，仅此而已。大隐隐于朋友圈。

《空谷幽兰》中写道："只要你不受欲望的困扰，只要你的心不受妄想左右，那么你是出家人还是在家人，根本没有什么区别。一旦你的心很清静，你就能理解业。……如果你种下佛种，你就会得到佛果。重要的是要诚实。如果你不诚实，你永远也不会成就。"

重读"考槃在陆，硕人之轴。独寐寤宿，永矢弗告"，隐者之风，山高水长。于我而言，当下最诚实的体会是——我执故我在。

《诗经》里有没有网红脸？
——巧笑倩兮，美目盼兮

硕人其颀，衣锦褧衣。齐侯之子，卫侯之妻，东宫之妹，邢侯之姨，谭公维私。
手如柔荑，肤如凝脂，领如蝤蛴，齿如瓠犀，螓首蛾眉，巧笑倩兮，美目盼兮。
硕人敖敖，说于农郊。四牡有骄，朱幩镳镳，翟茀以朝。大夫夙退，无使君劳。
河水洋洋，北流活活。施罛濊濊，鳣鲔发发，葭菼揭揭。庶姜孽孽，庶士有朅。

《卫风·硕人》

大意：

身材修美一女郎，麻纱罩衫锦绣裳。她是齐侯的爱女，她是卫侯的新娘，她是太子的胞妹，她是邢侯的小姨，谭公又是她姊丈。

手指纤纤如嫩荑，肤如凝脂多白润，颈似蝤蛴真优美，齿若瓠子最齐整，额角丰满眉细长，嫣然一笑动人心，美目顾盼摄人魂。

美人身材高又俏，车歇郊野农田旁。看那四马多雄健，红绸系在马嚼上，华车徐驶往朝堂。诸位大夫早退朝，今朝莫太劳君王。

黄河之水浩荡荡，哗哗奔流向北方。渔网撒开呼呼响，戏水鱼儿跃欢腾，两岸芦苇长又长。陪嫁姑娘着盛装，随从男士貌堂堂！

《硕人》,是赞美庄姜嫁入卫国的篇章。"硕人"指丰满高大的人,当时以身材高大为美。"颀",是修长貌。《毛诗序》曰:"《硕人》,闵庄姜也。庄公惑于嬖妾,使骄上僭。庄姜贤而不答,终以无子,国人闵而忧之。"历代学者多赞成毛序的说法。其中"巧笑倩兮,美目盼兮"是对庄姜之美的精彩刻画,将中国古典美人的曼妙姿容永远定格,历来备受推崇。

《硕人》通篇用了铺张手法,如第一章主要说她的出身——她的三亲六戚、父兄夫婿,皆是当时各诸侯国有权有势的头面人物,她是一位门第高华的贵夫人。由此可见,中国人的身份观念由来数千年了,中国古代社会可以说就是一个身份制社会。

"手如柔荑,肤如凝脂,领如蝤蛴,齿如瓠犀,螓首蛾眉",这简短的二十字铺叙运用比喻的手法,类似于电影的特写镜头聚焦于美人的肖像,又如纤微精妙的工笔画细致刻画硕人之美妙绝伦。在中国诗歌作品当中,聚焦描写美人之手的词语数不胜数,如素手、玉手、柔荑、玉纤、纤纤、削葱等。而美人与手相关的动作也十分丰富,如:欧阳修《浣溪沙·叶底青青杏子垂》中"断无消息道归期,托腮无语翠眉低",描写美人托腮怅望;温庭筠《菩萨蛮·小山重叠金明灭》中"懒起画蛾眉,弄妆梳洗迟。照花前后镜,花面交相映",描写美人梳妆粉饰;白居易《琵琶行》中"千呼万唤始出来,犹抱琵琶半遮面。转轴拨弦三两声,未成曲调先有情",描写美人弹琴奏乐。我们可以在这一系列诗词所描写的动作当中,感知美人的举手投足之美,体味美人的心灵韵致,素手美人柔顺的性情之美也就自然而然地流露出来了。这些动作也承载了传统文化对女性的规范,比如言行含蓄得体、举止大方优雅等。

另外一个生动的特写就是"齿如瓠犀","瓠犀"是指葫芦籽,形容牙齿白而整齐。宋玉的《登徒子好色赋》说东家之子"齿如含贝","贝"

指白色螺壳。李贺的《将进酒》"吹龙笛，击鼍鼓；皓齿歌，细腰舞"，描写白齿的歌伎吟唱，细腰的舞女和着龙笛吹奏、鼍鼓敲击在舞蹈。卢照邻的《和王奭秋夜有所思》"丹唇间玉齿，妙响入云涯"，写红唇里面是洁白而又美丽的牙齿，美妙的音乐传入与云相接的地方。李白的《赠裴司马》"向君发皓齿，顾我莫相违"，微启皓齿向君笑，千万别错过我的美丽容颜。古代美女的标配是"唇红齿白"，高科技时代的美女似乎有更便捷的优势提升外貌和气质，这也是近十几年来整牙风潮盛行的原因之一吧。

蔡琴的歌里唱道："像一阵细雨洒落我心底，那感觉如此神秘，我不禁抬起头看着你，你却不露痕迹。虽然不言不语，叫我难忘记，那是你的眼神，温暖又美丽……"一个眼神，可以容纳的东西实在太多了，尤其是"会说话的眼睛"，其感染力也往往比任何语言、行动更为强大。充满期盼的眼神总是可以使人柔肠百结；恋人之间更多的时候是用眼神传递情意，有时候"眉目传情"比任何情话都来得缠绵；而夫妻之间的默契常常也是从一个心照不宣的眼神开始的，"暗送秋波"常常比送任何礼物都更为浪漫。"巧笑倩兮，美目盼兮"可谓神来之笔。姚际恒云"千古颂美人者，无出其右，是为绝唱"。想来美人当前，诗人癫狂。如同李白见到杨贵妃作《清平调》，迸发出的才情如珠玉四溅，"云想衣裳花想容"等奇思妙想随手拈来，字字珠玑。白居易在《长恨歌》里写杨玉环"回眸一笑百媚生，六宫粉黛无颜色。春寒赐浴华清池，温泉水滑洗凝脂"时，是否也想起了庄姜的美貌。光阴流转，也掩不住美人惊世的光华。

古典文学中对美人的描写不胜枚举，后世堪称经典的关于人物外貌的描写，还有《红楼梦》，黛玉"两弯似蹙非蹙罥烟眉，一双似泣非泣含情目。态生两靥之愁，娇袭一身之病。泪光点点，娇喘微微。闲静时如姣花照水,行动处似弱柳扶风。心较比干多一窍,病如西子胜三分"。对黛玉的这段外貌描写形象地向我们展示了一位病态兮兮、美若天仙的大家闺秀的形象。既写出了黛玉外貌的超凡脱俗,也写出了黛玉多愁善感的个性。这样的黛玉激起了宝玉的好感,一种怜香惜玉之情油然而生,也为后文两人的感情做了很好的铺垫。再看《红楼梦》第八回通过宝玉的视角对宝钗外貌的描写:"头上挽着漆黑油光的簪儿,蜜合色棉袄,玫瑰紫二色金银鼠比肩褂,葱黄绫棉裙,一色半新不旧,看去不觉奢华。唇不点而红,眉不画而翠,脸若银盆,眼如水杏。罕言寡语,人谓藏愚,安分随时,自云守拙。"这就把端庄娴雅、精于世故的宝钗刻画得栩栩如生。黛玉和宝钗哪位更符合"巧笑倩兮,美目盼兮",则是仁者见仁了。

诗的第三、四章主要写婚礼的隆重和盛大,特别是最后一章,连续用了"洋洋""活活""浟浟""发发""揭揭""孽孽"等六组叠词,黄河之水浩浩荡荡,一泻千里,鱼跃波闪,场面壮观,声势浩大的陪嫁队伍也气势非凡,这些都旨在衬托庄姜的美貌与高贵。

而《诗经》所体现的美人观也是值得一提的。《诗经》描写人物外貌用得最多的形容词是"硕",此篇《硕人》,赞美其人高大貌美。《陈风·泽陂》中有"有美一人,硕大且卷",《唐风·椒聊》中也赞美女子"硕大无朋""硕大且笃",身材颀长高大,彰显了健壮美与灵秀美。植根于生活,充满阳刚之气,体态高大丰硕才为美。我这种身形算不上小鸟依人的女子每次读到《硕人》,心里也会滋生出一种虚妄的自鸣得意。随着社会生产力的不断发展和社会分工的越来越细,原始的生命力和生殖力崇拜已经弱化,人们对于女性形体的审美眼光开始由实用性向纯审美欣赏转化。南骚中则盛行着另一种以清秀细腰为美的女性美观念,《战国策》与《荀子》中均记有"楚王好细腰",屈原《大招》中描写女性"小腰秀颈,若鲜卑只",以细颈小腰为美,由此可见战国时期楚地灵秀美、阴柔美的审美标准。

这位《硕人》的主人公庄姜不愧是《诗经》里的第一美女,她不但有绝色的容貌,更让人见之而忘俗。朱熹在《监本诗经》中认为庄姜是中国历史上第一位女诗人。朱熹曾经考证,《诗经》收录的五首《燕燕》《终风》《柏舟》《绿衣》和《日月》均出自庄姜之手。即便放在当下的网红时代,也是绝代风华的美人坯子。其实纵览整部《诗经》,美人形象多姿多彩,有令古今君子寤寐思之、辗转反侧的窈窕淑女("关关雎鸠,在河之洲。窈窕淑女,君子好逑。"——《关雎》),有艳若桃花的新娘("桃之夭夭,灼灼其华。之子于归,宜其室家。"——《桃夭》),有令樵夫思慕,但不敢生起一丝亵渎念头的美丽的汉水游女("南有乔木,不可休思。汉有游女,不可求思。"——《汉广》),有调皮可爱的"静女",她与"我"相约于城隅,可她却调皮地躲起来,令"我"着急不安("静女其姝,俟我于城隅。爱而不见,搔首踟蹰。"——《静女》),有容貌美如木槿花的姑娘,她体态轻盈如飞鸟,佩戴着珍贵泛光的玉佩,举止文雅,穿着端庄大方,令同车的男子不知所措又爱慕不已("有女同车,颜如舜华。将翱将翔,佩玉琼琚。彼美孟姜,洵美且都。"——《有女同车》),有让人历尽千辛万苦追寻的神秘伊人,她仿若在水一方,又似在水中央,无法寻到("蒹葭苍苍,白露为霜。所谓伊人,在水一方。"——《蒹葭》),还有一位身姿窈窕的月下美人,令人思念又烦忧("月出皎兮,佼人僚兮。舒窈纠兮,劳心悄兮。"——《月出》)。

记得一位给无数网红和专业模特拍过片的摄影师说:"其实大众质疑网红脸比较low真的是一种偏见,毕竟这已经是高科技能达到的最好看的水平了,当然这也说明了大众审美的提高。那么多人趋之若鹜并不是因为他们真的也认同这种美,而是别无选择(医生只给你提供此款),即便这种趋同的好看比他们之前上镜要好看很多。高科技只能解决'好看'，并不能解决美得高级。" 我观摩了该摄影师拍的大量样片，不得不赞脸小真省版面。我想这也很好地诠释了诗经美人之所以超凡脱俗，是因为她们有一张不可复制的脸。

只不过这样一位长相标致又有才学的女子，终究没有逃脱帝王家多舛的命运。庄姜是春秋齐国的公主，嫁给了卫国国君卫庄公，出嫁成亲的场面热闹风光，可是婚后庄姜却未得一男半女，在那个母凭子贵的年代，庄姜的婚后生活并不如意。遭到冷落的庄姜，在卫庄公迎娶了新人以后，更加不受待见，而庄姜也在每一个孤灯相伴的深宫长夜，一个人度过了孤寂的一生。生活虽艰辛坎坷，但是庄姜并没有因此一蹶不振，她将哀思寄于诗歌中，以诗歌为伴，沉浸在创作诗歌的生活里，这不仅扭转了她凄凉的后宫生活，更是将自己造就成中国第一位女诗人。

历史上红颜薄命的故事大抵都相似吧！曹公在《红楼梦》里的《警幻仙子赋》中也描绘了美得不可方物的世外仙子，"其素若何？春梅绽雪。其洁若何？秋菊被霜。其静若何？松生空谷。其艳若何？霞映澄塘。其文若何？龙游曲沼。其神若何？月射寒江。应惭西子，实愧王嫱"。警幻仙子，是《红楼梦》中的爱神与美神，太虚幻境司主相当于西方的维纳斯。警幻仙子的形象，完全是虚构的，纵观整部红楼，警幻仙子所歌"春梦随云散，飞花逐水流。寄言众儿女，何必觅闲愁"，成了最大的真相。

然而，命运能被启示吗？正如茨威格在给最终走向断头台的法国王后玛丽·安托瓦内特写的传记中所写的那句著名的话："她那时候还太年轻，不知道所有命运赠送的礼物，早已在暗中标好了价格。"

哀莫大于心不死

——女之耽兮，不可说也

氓之蚩蚩，抱布贸丝。匪来贸丝，来即我谋。
送子涉淇，至于顿丘。匪我愆期，子无良媒。
将子无怒，秋以为期。
乘彼垝垣，以望复关。不见复关，泣涕涟涟。
既见复关，载笑载言。尔卜尔筮，体无咎言。
以尔车来，以我贿迁。
桑之未落，其叶沃若。于嗟鸠兮，无食桑葚！
于嗟女兮，无与士耽！士之耽兮，犹可说也。
女之耽兮，不可说也。
桑之落矣，其黄而陨。自我徂尔，三岁食贫。
淇水汤汤，渐车帷裳。女也不爽，士贰其行。
士也罔极，二三其德。
三岁为妇，靡室劳矣。夙兴夜寐，靡有朝矣。
言既遂矣，至于暴矣。兄弟不知，咥其笑矣。
静言思之，躬自悼矣。
及尔偕老，老使我怨。淇则有岸，隰则有泮。
总角之宴，言笑晏晏。信誓旦旦，不思其反。
反是不思，亦已焉哉！

《卫风·氓》

大意：

你当年忠厚又老实，抱着布匹来买丝，原来并不是真心买丝，而是借此找我商议婚姻大事。我远送你渡过淇水，直到顿丘才告辞。并非我有意拖日子，是你没有找一个好媒人。请你不要生我的气，重订秋天为婚期。

我曾登上残破的城墙，遥望复关盼你来。望穿秋水不见人，胸中焦急泪涟涟。见到郎从复关来，谈笑风生心欢畅。你快回去占个卦，卦上全是吉祥话。赶着你的车子来，快将我的嫁妆搬。

桑叶未落密又繁，嫩绿润泽又繁盛。哎呀，斑鸠小鸟儿，见了桑葚嘴别馋！哎呀，年轻姑娘们，不要同男子沉溺于爱情。男人要是爱上女人，还可以随时甩开脱身。女人要是爱上男人，则彻底沦陷。

桑树到了叶落时，枯黄憔悴任飘零。自从我到你家来，多年吃苦受寒贫。淇水滔滔送我还，溅湿车帘冷冰冰。我做妻子没过错，是你变心太绝情。反复无常没准定，前后不一无德行。

结婚多年守妇道，家务杂事一肩挑。起早睡晚勤操劳，累死累活非一朝。家业有成已安定，面目渐改施残暴。兄弟不知我处境，见我回家纷嘲笑。静思默想苦难言，只有独自暗悲伤。

当年曾说共白头，如今怨恨却深重。淇水虽宽犹有堤，沼泽虽阔有边涯。回顾少年未婚时，想你言笑多温雅。海誓山盟犹在耳，谁料翻脸成冤家。违背誓言你不顾，那就从此分开吧！

亦舒的小说《我的前半生》，讲述做了多年家庭主妇的子君，遭医生丈夫抛弃后不得不重新工作，一步步站起来并再度寻找到幸福的故事。小说原本是描述二十世纪八九十年代的香港生活，后改编为电视剧，为了更加贴近当下都市生活，将视角转移到繁华的上海。罗子君原本是一个养尊处优的全职太太，有会挣钱的丈夫，还有个乖巧的儿子，家务更有保姆全权负责，生活重心除了丈夫孩子，就是吃喝玩乐，享受生活。当然，这一切是建立在和老公陈俊生婚姻正常的基础上。当她的老公出轨，并主动提出要跟她离婚的时候，那一瞬间她崩溃了，她的世界也完了。正如戏里的台词："对于全职主妇来说，老公出轨就等于天塌了。"

亦舒作品中的女性形象，有一种理智的通透，做事总是非常解气的。她笔下的女郎，或美丽，或骄纵，或出身贫寒命运坎坷，或锦衣玉食拿香槟当晚餐，但无论是中环不甘平凡的白领女子，还是在异国留学的华人女性，大多数人的理想是过一种向上的物质生活。她们总是凭自身努力或男子的垂青，最终拥有"厨房都能看得见海景"的半山豪宅，夸张者如喜宝，更达到拥有一座苏格兰城堡之盛。从这个角度看，电视剧《我的前半生》似乎更接地气一些。

网上有人称"被出轨"的罗子君为"巨婴弃妇"，虽然说得残酷了一些，但基本算准确。剧中的子君，面对突如其来的婚变，完全乱了阵脚，从离婚官司到找工作，几乎处处要依赖她的闺蜜唐晶，她既没有"离婚"的能力，也没有自我生存的能力，更不要说独立解决问题，以及自我独处这种更高阶的能力。

由此想到《诗经》中以恋爱和婚姻为题材的诗歌，其中就有十余篇讲述妇女被丈夫无情抛弃。这些诗歌从多个不同的角度描写了女性的生活状况及人生际遇，塑造了性格鲜明、形象生动的"弃妇"形象。比如经典的《卫风·氓》《邶风·谷风》《王风·中谷有蓷》等。

《氓》以第一人称的口吻叙述，共六章，每章各十句。它讲述了一个女子被虚情假意的男子蒙骗并与他结了婚，婚后女子任劳任怨、操持家务，男子却变了心，最后遗弃了女子，女子悔恨怨愤之情溢于言表。全诗以叙述为主，恰当地运用了比兴手法，并通过细节描写来表现人物心理，给人留下深刻印象。

《氓》中的女主人公既有柔性软弱的一面，又有理性刚强的一面。少女时期的她涉世未深、天真单纯，沉浸在"抱布贸丝""来即我谋"的约会喜悦中，未能识破氓的真面目，错误地把他的虚情假意当作真心实意，把他的急躁暴怒当成是求婚心切，勇敢地许下"秋以为期"的诺言，从此对心上人一片痴心，天天遥望男子来迎娶自己。

婚前的女主人公是一位淳朴热情的少女，对待爱情忠贞不渝、一往情深。已为人妻的她恪守做妻子的本分，"自我徂尔，三岁食贫"，创家立业的艰难并没有使她失去生活的信心；"三岁为妇，靡室劳矣。夙兴夜寐，靡有朝矣"，多年来的辛勤劳作，她也毫无怨言。总之，女主人公是一位勤劳善良的妇女。然而，随着时间流逝，丈夫对女主人公有了二心，产生了抛弃的念头，最终女主人公愤怒地谴责了男子"二三其德"的丑恶行径，带着对婚姻的绝望离开夫家。被遗弃的女主人公虽然不可避免地产生自悼自伤的哀婉情绪，但也能够认清现实，毅然决然地做出离开夫家的决定。并且女主人公深深地追悔自己当初如同贪吃桑葚的斑鸠一样，用"于嗟鸠兮，无食桑葚！于嗟女兮，无与士耽"对同命运的姐妹们提出警告，从自己的血泪教训之中，得出了"士之耽兮，犹可说也。女子耽兮，不可说也"的结论，表现出对男女地位不平等的强烈愤慨。惨遭遗弃的女主人公理性而坚忍，保留了女性的尊严。

总的来说，《氓》这篇作品塑造的弃妇形象是勤劳善良而不失理性与坚忍的，"反是不思，亦已焉哉"最能突出其刚强的性格。

再看《谷风》：

> 习习谷风，以阴以雨。黾勉同心，不宜有怒。采葑采菲，无以下体。德音莫违，及尔同死。
>
> 行道迟迟，中心有违。不远伊迩，薄送我畿。谁谓荼苦，其甘如荠。宴尔新昏，如兄如弟。
>
> 泾以渭浊，湜湜其沚。宴尔新昏，不我屑以。毋逝我梁，毋发我笱。我躬不阅，遑恤我后。
>
> 就其深矣，方之舟之。就其浅矣，泳之游之。何有何亡，黾勉求之。凡民有丧，匍匐救之。
>
> 不我能慉，反以我为仇。既阻我德，贾用不售。昔育恐育鞫，及尔颠覆。既生既育，比予于毒。
>
> 我有旨蓄，亦以御冬。宴尔新昏，以我御穷。有洸有溃，既诒我肄。不念昔者，伊余来塈。

此诗中，在丈夫再婚之时，女主人公只有痛心地回忆往事："何有何亡，黾勉求之。凡民有丧，匍匐救之。"（家里以前没这没那，都是我尽心尽力操持，左邻右舍有困难，也是我奔走相助。）同时告诉新来的妻子："毋逝我梁，毋发我笱。"（不要到我的鱼坝来，不要再把鱼篓开。）在踏出家门的最后一刻，她还不忘嘱咐那个负心人："我有旨蓄，亦以御冬。宴尔新昏，以我御穷。"（我备好干菜准备过冬，你们享受新婚，用我创立的家业来挡穷。）而且还说："不念昔者，伊余来塈。"（当初情意全不念，往日恩爱一场空。）幻想着男子能念旧从而回心转意。整首诗将女子沉溺于往事旧情而无法自拔的复杂心理淋漓尽致地展现了出来，一个勤劳贤良、软弱痴情的弃妇形象跃然纸上。《谷风》中展现的女子形象是最为普遍的,她们大多甘于生活的艰辛,为家庭辛勤付出,任劳任怨,对待丈夫一心一意,在遭到丈夫狠心抛弃之后,只能用哀怨的口吻谴责丈夫的绝情,追忆过去的美好,诉说自己的不幸,并不会如《氓》中女子那般果断而坚决地离开。

"弃妇"这个词今天读来让人很不舒服,但古典诗歌中确有此类主角的存在,所以姑且称之。顾随先生讲,只有《诗经》比较了解女性的痛苦。而当我看了热播电视剧《我的前半生》后,惊讶地发现,两千多年前女性生存与情感的困境在今天依然存在。这让人不由得思索,我们谈妇女解放谈了这么多年,我们的社会及女性自身究竟"解放"了什么?

我们先来看第一代"子君"。《伤逝》是鲁迅于1925年创作的一部以爱情为题材,反映"五四"时期知识分子命运的短篇小说。小说以主人公涓生哀婉悲愤的内心独白的方式,讲述了他和子君冲破封建势力的重重阻碍,追求婚姻自主,建立起一个温馨的家庭,但不久爱情归于失败,最终以"伤逝"结局的故事。小说通过对涓生、子君始以争取个性解放、婚姻自主终却落个悲剧结局的描写,反映了个人和社会的冲突——没有整个社会的解放,个性的解放和婚姻的自主是无法实现的。子君的悲剧,控诉了封建势力对妇女的压迫,并指出个性解放并不是妇女解放的道路。

活在新时代屏幕里的子君却说出这一番话:"相比你的婚姻和你的家庭,教养是完全不值一提的东西。"那种疑神疑鬼、跟踪追击的做法,必然为亦舒女郎所不齿。罗子君最初的"心不死",是一种痴,但有痴,就还没有哀到极点,自己还有一种不符现实的盼望。其实说"哀莫大于心不死"的时候,心才是死的。反之,当庄子说出"哀莫大于心死"时,其实表明他对外部还有炽热的期待。

再来看看男主人公,我们身边似乎一直有男主人公熟悉的身影。先秦时代有"信誓旦旦，不思其反"的氓，"五四"时代有进步青年涓生，他清醒地感悟到"爱情必须时时更新，生长，创造"，并认为"安宁和幸福是要凝固的"。待到失业来袭，家庭生活难以为继，他很快就认识到"人必活着，爱才有所附丽"。他并未沉溺于爱情和家庭的小圈子，而是向周围的大社会谋求生计，于是发奋地撰文译书。这是涓生思想比子君更开阔的表现，这也是大多数全职女性的困境所在。

感觉《我的前半生》编导对"全职太太"这个家庭角色有着很深的误解，如作家侯虹斌所写："一个夫妻双方都受过良好教育的稍富裕点的中产家庭，这个太太是不可能闲成这个样子的。光是孩子的教育问题就足以让她上火，还有各种财富规划的琐碎小事，而这些事情，保姆用不上，都得靠太太操心。"毋庸置疑，社会有必要重估全职女性的价值才算得上进步。

说到"全职太太"，我最尊敬的民国女性杨步伟先生算其中之一。杨步伟是中国第一位留日医学女博士，她三十二岁时，与著名语言学家赵元任先生结为伉俪，堪称现代最美满的婚姻组合之一。但是后来为了照顾赵元任先生的生活，她放弃了自己的医学事业，成为一个贤内助。但她又不完全只是贤内助，空闲之余还做了大量的公益事业。在胡适的鼓励之下，杨步伟撰写了《一个女人的自传》和《杂记赵家》，记录两代知识人的学习和生活经历，为后人留下了丰富生动的记录。杨步伟在美国还写过《中华食谱》，由赵元任和大女儿赵如兰翻译成英文，大受欢迎。

他们生活中最经典的段子是，有一次胡适问杨步伟，平时在家里谁说了算？她很谦虚地说："我在小家庭里有权，可是大事情还是让我丈夫决定。"但是她不忘补充一句，"不过大事情很少就是了。"

模范婚姻说来容易，从被英国哲人罗素评为"简单得不能再简单"

的婚礼开始，为人妇的杨步伟就展露了她天才的另一面。不仅随着丈夫走遍世界的名牌大学，四个女儿都是名校毕业的博士生，而且做得一手好菜。遇钱财窘境时，她动手缝制衣服；遇战火硝烟时，她让丈夫女儿先走；遇丈夫事业有难时，她报以宽慰携扶相助。

我们今天的女性，无论学历高低，似乎都有一个认识上的误区。认为只有自己变得足够优秀，或者足够独立，才能避免婚姻风暴。所以，强调女性独立自主的呼号前所未有地来势汹涌。但是，"被出轨"这个现象是否出现其实和你是否独立、漂亮并无多大关系。其实可以说这不光是女性面对的问题，更是人类需要面对的问题。回到现实本身，那可远比电视剧更跌宕起伏。不但不幸的婚姻更倾向于出轨，连那些表面上貌似拥有幸福家庭的人，也难免患上情感专家所谓的"婚姻小感冒"，而且很多人不以为然，深信只要是感冒都能自愈。不从道德角度判断，仅从情感角度，这种思想误区也展示了当代人情感的困惑与焦虑。

顾随先生解读《谷风》，很少谈及两性话题："看社会史、风俗史，男女总立在对敌的地位。就说自由平等，也许是理想的乌托邦。要平等，必须相互了解、互相尊重，一个人果然能了解他自己吗？很难。一个男子又怎样了解一个女子，一个女子又怎样了解一个男子？……只要是两个人，无论夫妇、朋友，没有平等，永远一个是主人、一个是奴隶，至少一个支配、一个被支配。"

再回归到诗本身，感情盛时容易宣泄，而当感情沉淀下来时更倾向于理智与冷峻。周人尚礼，礼的原则在周代贯彻于生活各个领域。由此决定了礼在表现方式上的蕴藉性："君子之于礼也，非作而致其情也，此有由始也。是故七介以相见也，不然则已悫。三辞三让而至，不然则已蹙。"（《礼记·礼器》）人们在交往中的情感交流不是直接表达，而是"七介以相见""三辞三让而至"。周礼的委婉蕴藉性，直接影响了儒家美学的含蓄观：一是史的"春秋笔法"，一是诗的"主文谲谏"。"主文谲谏"则是礼的委婉性在儒家诗学中的体现，即要求诗人用委婉曲折的譬喻规劝人君，不做直接刻露的指责。

对人如此，对己更是如此。所以，《诗经》里面劳动妇女的呼号声甚至高过两千多年后互联网时代的女性。《氓》里面的弃妇坚决地唱出："亦已焉哉！"（那就算了吧！）就像歌剧幕终，使人有余音袅袅、不绝如缕之感，也不失为优雅的转身姿态。

在今天，爱情已是一种奢侈品。奢侈品，是需要努力才能换取的，更需要精心的呵护。爱情作为两个本来是陌生异性的润滑剂，很需要智力、体力、行动能力，以及运气的配合，才能使两个陌生人在荷尔蒙退去以后，不会因为生活的枯燥和分配的不公而反目成仇。在两性关系里，多多少少得有些愿赌服输的豪迈，而我们需要从头至尾认真了解、警惕对待的永远是自己。

为什么两性关系里，很多女性往往觉得是男人占了便宜？她们也许没有意识到，原本那些"赚便宜"的男人也不过是普通人，想要的本来也不复杂，就是和你在一起，做两个人喜欢做的事。假如彼此感情发生了变化，也能按照成年人自己的方式解决，而不是相互怨怼。最重要的东西，永远不可能是别人给的。金钱、智慧、快乐、独立思考等这些"奢侈品"，如果期望男人给予，那是高估了绝大多数男人也低估了女性自己。如果非要问女人为什么应该有事业，也许就是事业是上天最大的恩惠——给予自己想要的东西。我们为什么如此强调女性的独立，就是希望独立能赋予女性敢于舍弃的勇气，能拥有不依靠别人而保全自己骄傲的魄力。更出色一些的，可以无畏地做自己想做的任何事。女人自我精神越圆满富足，对他人包括伴侣的表现往往越不苛责。

犹记得我读大学时教古代文学的老师讲《诗经》，并不是从《关雎》

开始，而是从这首哀怨伤感的《氓》。对于刚进大学，少女病高发期的中文系女生来说，这可真是一种及时而必要的情感教育，爱情除了"关关雎鸠"的琴瑟和鸣，还可能有"士也罔极，二三其德"。有一次我去学校文学院的老楼，居然在女厕门上发现了这首诗的手抄，想必那位女生当时在咬牙切齿吧，这种古典的谴责方式估计也只有中文系女生才干得出。现在回望那些年我们读过的诗以及对生活的憧憬和误解，现实的谜底已随着年龄逐一揭晓。在生活的大浪中我们一路奔涌向前，才发现《诗经》早已写下疗愈的脚本。

"士之耽兮，犹可说也。女之耽兮，不可说也。"这句千古名句可以作为慨叹、申诉、自省乃至自嘲，但我觉得不应成为女性的自我暗示。感情中的"说"通"脱"，解脱之意，"脱"与"不脱"跟性别关系不大，女性一旦暗示自己就是弱势的一方，那才是真正的悲剧。

在婚姻关系里，我们有时候需要学着做一个隐士，自动屏蔽掉对方身上的缺陷。好的婚姻，夫妻之间何尝不是在"相互装傻"。如顾随先生说的："不企图做对方的主人，也不做对方的奴隶。"而是成为隐者，且做一个久处不厌、精神自足的自己，不必讨全世界的欢心。

除此，没有什么能战胜婚姻的琐碎与岁月的虚无了。

为悦己者容还是为己容
——自伯之东，首如飞蓬

伯兮朅兮，邦之桀兮。伯也执殳，为王前驱。
自伯之东，首如飞蓬。岂无膏沐，谁适为容？
其雨其雨，杲杲出日。愿言思伯，甘心首疾。
焉得谖草，言树之背。愿言思伯，使我心痗。

《卫风·伯兮》

大意：

我的夫君真英武，真是邦国的英雄。我的夫君执长殳，做了君王的前锋。
自从夫君去东征，头发散乱像飞蓬。难道没有润发油，为谁修饰为谁美？
期盼老天降大雨，却出太阳亮灿灿。天天想念我夫君，想得头痛也心甘。
哪儿去找忘忧草，把它种在屋背面。天天把我夫君想，魂牵梦绕心悲伤。

自古以来，赞美直男就是个技术活。网络上有个提问："有哪些道理是你结婚后才明白的？"其中一个高赞回答是"男人比女人更爱听甜言蜜语"，也就是说，要多夸自己的丈夫。懂得赞美伴侣的女人，也更容易经营成功的婚姻。读这首《伯兮》，看看古代的女子是如何夸自己的丈夫的。首先她赞美自己的丈夫英武高大，是国家的栋梁。"伯"是当时女子对丈夫的爱称，"朅"指威武，"桀"，杰出。"伯也执殳，为王前驱"——"殳"是一种武器，我的丈夫手持长矛，是王的先驱。这第一段是在赞美丈夫在自己心中的高大与威武，她一下子就把丈夫提升到了民族好汉的高度，所谓"情人眼里出潘安"。无论如何，此句作为诗的开端基调是明媚的，毫无思妇的怨言和忧愁，而是流露着自豪的情绪。

第二章非常有名，"女为悦己者容"，即出自此句。"自伯之东，首如飞蓬。岂无膏沐，谁适为容？"——自你东征我就没心思梳妆打扮了，甚至"首如飞蓬"。今天的独立女性倡导"女为己容"，这无疑是进步。但从人性的角度，"为悦己者容"是爱情里自然发生的感觉，和是否独立并没有关系。如《伯兮》中的这位女子只愿为她的丈夫容，既然夫君不在身边，她便不太在乎自己的形象。"岂无膏沐，谁适为容"——难道是我的护肤品和洗发水不好用吗，问题是谁值得我为他精心打扮呢？当然这里也有另一层意思，丈夫在为国效力，妻子对从军的丈夫的忠贞不渝也是对他最大的支持。

"其雨其雨，杲杲出日"——原本盼望着下雨，却眼见太阳升起来了。这句似为虚写，意在表达情感的起伏不定。女子由于思念过分强烈，内心似潮湿落雨，忽又觉得丈夫归来在即，如沐浴在温暖的阳光中一般。可谓恍兮惚兮，都是相思惹的祸。"愿言思伯，甘心首疾"——"首疾"就是头疼，她思念远方的丈夫，想他想得头疼，这是多么率真而坦诚的感受。"焉得谖草，言树之背。愿言思伯，使我心痗"——"谖草"是忘忧草，我上哪儿去找忘忧草啊，然后别人告诉我就在大树的背面啊。"愿言思伯，使我心痗"——我想我的丈夫想得心痛啊，才知这世间的相思无药可医。

《诗经》最感人的地方是它的健康和朴素，是我们现代生活里所缺乏的那种蓬勃气息，这种健康，就是"思无邪"。在这首诗中，纵使思念深入骨髓，我们依然能感受到女主人公的情志并不消极。

《伯兮》被誉为古代思妇诗的发端，尤其"首如飞蓬"的描述后来成为中国古代情诗典型的表达方法，如"自君之出矣，明镜暗不治"（徐幹《室思》），"终日恹恹倦梳裹"（柳永《定风波》），"起来慵自梳头"（李清照《凤凰台上忆吹箫》），等等，不胜枚举。

《诗经》之后，描写思妇的诗歌不绝如缕，但最为人称道的就是《古诗十九首》。钟嵘《诗品》称之为"文温而丽，意悲而远，惊心动魄，可谓一字千金"。不过，《古诗十九首》在继承《诗经》的基础上，有自己的独特之处，思想内容上不同于《诗经》中活跃在旷野田间的劳动妇女，《古诗十九首》中的女子多局限于在自家庭院徘徊的少妇，无衣食之忧。这样排遣的空间更小，所以她们的孤独寂寞较之《诗经》显得更绵长。以《庭中有奇树》为例：

> 庭中有奇树，绿叶发华滋。
> 攀条折其荣，将以遗所思。
> 馨香盈怀袖，路远莫致之。
> 此物何足贵，但感别经时。

这首诗是《古诗十九首》中很有韵味的一首，也是其中字数最少的诗篇之一。抒情主人公嗅着花香,但是内心却生出伤感来。"馨香盈怀袖,路远莫致之。"这朵花虽然香气扑鼻,但是距离爱人实在太过遥远,如何才能亲手把这朵花送给他?

最后两句"此物何足贵,但感别经时",意蕴悠长,是主人公无可奈何而说出的自我宽慰的话,同时也点明了全诗的主题。这两句虽然看上去平淡无奇,但是将其置于整首古诗当中进行赏析,就会发现其非同一般之处。人生苦短,女人也如手中的鲜花,经不起时间的等待,更经受不起风吹雨打。这样的情感情绪,也许就如温庭筠在《望江南》中写的:"梳洗罢,独倚望江楼。过尽千帆皆不是,斜晖脉脉水悠悠。肠断白蘋洲。"一个个希望,一个个失望,到头来也许"红颜未老恩先断,斜倚薰笼坐到明"(白居易《后宫词》),也许"一朝春尽红颜老,花落人亡两不知"(曹雪芹《红楼梦》)。

我们再看看李白的一首以"思妇"为主题的乐府诗《北风行》:

烛龙栖寒门,光曜犹旦开。
日月照之何不及此?唯有北风号怒天上来。
燕山雪花大如席,片片吹落轩辕台。
幽州思妇十二月,停歌罢笑双蛾摧。
倚门望行人,念君长城苦寒良可哀。
别时提剑救边去,遗此虎文金鞞靫。
中有一双白羽箭,蜘蛛结网生尘埃。
箭空在,人今战死不复回。
不忍见此物,焚之已成灰。
黄河捧土尚可塞,北风雨雪恨难裁。

全诗由神话中的烛龙兽讲起，描写北部边塞苦寒之地的风雪，紧接着，作者的视野由广阔的边塞聚焦到一位妇人身上，这个妇人日日盼着她的丈夫归来，思念不得就盯着丈夫留下的金鞞靫。如今其箭虽在，可是人却永远回不来了，他已战死在边城了。人之不存，何忍见此旧物乎？于是将其焚之为灰矣。黄河虽深，尚捧土可塞，唯有此生离死别之恨，如同这漫漫的北风雨雪一样铺天盖地，无边无垠。惊讶于李白写的思妇诗如此细腻又如此阔大，艺术的张力、生命的张力在这首诗中体现得淋漓尽致。李白的这首思妇诗，应该是这类题材里最显恢宏的，这才是凡人难以超越的诗仙吧。

思妇诗里既有情感的直接表露，也有女性意识的觉醒，读多了这些诗，不由感慨：我们今天的大多数女性比古代女性可谓幸运多啦，只要经济和人格足够独立，便可以从女性身份和外表的束缚里走出来，活出属于自己的真正的自由。

我们今天思念一个人的时候，也依然会"首如飞蓬"，但悦纳自己越来越成为更多女性的追求，为悦己者容不如为己容。如今很多傲娇的姑娘们已把"努力加餐饭"当作一种自嘲调侃。于是那些远古的情怀更多地保留在了诗里，还好，只要诗不朽，那些独坐窗前叹惋幽怨的思妇形象便会永久地留在人的记忆里。虽然这个年代没那么多久不还家的"征夫"，而且信息的发达又可以缩短空间的距离，但依然有歌里唱的"思念是一种很玄的东西，如影随形，我无力抗拒……"

我看见了万古愁
——知我者，谓我心忧

彼黍离离，彼稷之苗。行迈靡靡，中心摇摇。
知我者，谓我心忧。不知我者，谓我何求。
悠悠苍天！此何人哉？
彼黍离离，彼稷之穗。行迈靡靡，中心如醉。
知我者，谓我心忧。不知我者，谓我何求。
悠悠苍天！此何人哉？
彼黍离离，彼稷之实。行迈靡靡，中心如噎。
知我者，谓我心忧。不知我者，谓我何求。
悠悠苍天！此何人哉？

《王风·黍离》

大意：

看那黍子一行行，高粱苗儿也在长。迈着步子走且停，心里只有忧和伤。

能够理解我的人，知道我心中忧愁。不能理解我的人，问我何求。

悠远在上的苍天啊！我究竟是个什么样的人？

看那黍子一行行，高粱穗儿也在长。迈着步子走且停，如同喝醉酒一样。

能够理解我的人，知道我心中忧愁。不能理解我的人，问我何求。

悠远在上的苍天啊！我究竟是个什么样的人？

看那黍子一行行，高粱穗儿红彤彤。走上旧地脚步缓，心中如噎一般痛。

能够理解我的人，知道我心中忧愁。不能理解我的人，问我何求。

悠远在上的苍天啊！我究竟是个什么样的人？

《黍离》是东周都城洛邑周边地区的一首有感于家国兴亡的民歌。全诗三章，每章十句。诗之首章，言路途所见激起的内心之痛，"黍"是北方的一种农作物，形似小米，有黏性。"离离"，低垂貌。"稷"，高粱。此诗由物及情，寓情于景，情景相谐，在空灵抽象的情境中传递出悲天悯人的情怀，蕴含着主人公绵绵不尽的故国之思和凄怆无已之情。

　　《毛诗序》说："《黍离》，闵宗周也。周大夫行役，至于宗周，过故宗庙宫室，尽为禾黍。闵周室之颠覆，彷徨不忍去，而作是诗也。"《黍离》诗的作者应该是个国士，国之大臣，周之贤人。我们也可以给这首诗设定一个背景——它正处于东迁之际。那是动荡混乱不安的时代，西周东迁是那个时代的大事件，引起了几百年的大动荡。而东迁乃是因为国政不修，夷狄入侵，武力下降，文臣无能。诗人正如一切正直忧国的志士，怀着良好的计谋，得不到用武之地；而那些奸佞之臣，却呼风唤雨，过得风生水起，将国事搞到不可问的地步。于是诗人心中愤懑，抑郁委屈，无处发泄，彷徨昏乱中写下此诗。

　　在周都城繁华的城门大道上，行人络绎不绝，车马来往奔驰。纷纷来者，无非为名；纭纭去者，无非为利。诗人为了国家大事奔波各国，而外交内政却接连以失败告终。这种大悲哀大寂寥诉诸人间是难得回应的，只能质之于天："悠悠苍天！此何人哉？"苍天自然也无回应，此时诗人的郁闷和忧思便又加深一层。奔走在周天子热闹拥挤的王城里，"冠盖满京华，斯人独憔悴"，这是对这个忧患形象的真实写照。"知我者，谓我心忧。不知我者，谓我何求。"从此成为千古名句，在此诗中回环反复吟唱，更表现了绵绵不尽的对故国的叹惋之情。后世人们便把油然而生的、人生理想大厦坍塌、没落于禾苗杂草之中的悲伤郁结之情，称为"黍离之悲"。

　　屈原悲慨"举世皆浊我独清，众人皆醉我独醒，是以见放"（《渔父》）。

又一千多年后,陈子昂独立在幽州台上,发出了同样的咏叹:"前不见古人,后不见来者,念天地之悠悠,独怆然而涕下。"(《登幽州台歌》)穿过历史的尘埃再重新体会古人的情思,依然会有共鸣。不由让人慨叹:文学与诗词,终究是属于苦难者的。诺贝尔文学奖得主、秘鲁作家略萨写道:"对于志得意满的人们,文学不会告诉他们任何东西,因为生活已经让他们感到满足了。文学为不驯服的精神提供营养,文学传播不妥协精神,文学庇护生活中感到缺乏的人、感到不幸的人、感到不完美的人、感到理想无法实现的人。"

闵宗周之诗何以列于《王风》之首,得先知晓《王风》。周平王迁都洛邑后,王室衰微,其诗不能复雅,故贬之,谓之王国之变风。其音哀以思,后以象征王道之衰微。《文选·谢瞻》:"《王风》哀以思,周道荡无章。"张铣注:"亡国之音哀以思,谓周之将亡,荡然无纲纪文章也。"章炳麟《辨诗》:"《王风》哀思,周道无章。"可见《王风》兼有地理与政治两方面的含义,从地理上说是王城之歌,从政治上说,已无《雅》诗之正,故为《王风》。此诗若如《诗序》所言,其典型情境应该是:平王东迁不久,朝中一位大夫行役至西周都城镐京,即所谓宗周,满目所见,已没有了昔日城阙宫殿的繁盛荣华,只有一片郁茂的黍苗尽情地生长,也许偶尔还传来一两声野雉的哀鸣,此情此景,令诗作者不禁悲从中来、涕泪满衫。这样的情和这样的景化而为诗是可以有多种写法的,诗人选取的是一种物象浓缩化而情感递进式发展的路子,于是这首诗具有了更为宽泛和长久的激荡心灵的力量。

稷黍成长的过程也有象征意味,与此相随的是诗人从"中心摇摇"到"如醉""如噎"的深化。而每章后半部分的感叹呼号虽然在形式上完全一样,但在一次次反复中加深了沉郁之气。这是歌唱,更是痛定思痛之后的长歌当哭。难怪此后历次朝代更迭过程中都有人吟唱着《黍离》

而泪水涟涟,从曹植唱《情诗》到向秀赋《思旧》,从刘禹锡的《乌衣巷》到姜夔的《扬州慢》,无不体现了这种兴象风神。

淳熙丙申至日,予过维扬。夜雪初霁,荠麦弥望。入其城,则四顾萧条,寒水自碧,暮色渐起,戍角悲吟。予怀怆然,感慨今昔,因自度此曲。千岩老人以为有"黍离"之悲也。
——《扬州慢·淮左名都》(小序)

姜夔所作《扬州慢》被诗人萧德藻看到之后,认为此词有"黍离之悲"。姜夔路过扬州之时,正是国家危亡之际,一首《扬州慢》实为"黍离"之音的续发。南宋初期,朝廷偏安,战火不息,在整个文坛都以渴求统一、抗击金兵为创作主旋律时,出现了以张孝祥、辛弃疾等为代表的豪放派词人,他们高扬着为民发声、收回失地的旗帜,写下抗金复国的宏伟志愿。而作为一介布衣,姜夔居无定所,四处漂泊,一方面苦恼于"绕树三匝,无枝可依",另一方面却始终用一种含蓄节制的笔法抒发自己感时伤世的情怀。

《黍离》的主题又不限于家国忧思,诗人喟叹"悠悠苍天!此何人哉?"这两句历来都饱受争议,以中华书局王秀梅老师的注释为例,译为"高高在上的苍天啊,何人害我离家走!""此何人"从原作的语境看,更像是作者叹息自己,而非质问别人。当诗人跟自己相处的时候,那个问题本体就是他自己。人在宇宙洪荒中,第一次感觉到自我的渺小与孤独,第一次发现自我与世界的连接是如此脆弱,诗人开始以更高的哲思指向时空指向内心。作者在北方那片古老的黄土地上第一次思索"我是谁",从"中心摇摇"到"中心如醉",再到"中心如噎",忧患加深,自我追问也在加深。

"认识你自己！"——这句刻写在希腊德尔斐神庙里的著名箴言，被苏格拉底当作自己哲学的座右铭，也经常被后来的西方哲学家用来规劝世人要认识自己真正的价值。苏格拉底哲学的重大意义在于他第一次在哲学意义上真正发现了自我。在《黍离》中，我们也能看到诗人的这种思考，是内心的忧患，也是哲学的萌芽，是天问，也是自省。若没有遇见相知的灵魂，那不如与自己为伍踽踽独行，孤独往往不是在僻静的山间而是在稠人广座中。叔本华曾经说道："一个人，要么庸俗，要么孤独。"很多伟大的诗人、哲人无疑都选择了后者。而人们啊，在浩渺苍穹中要先认识你自己！

上古时代的怕与爱

——我生之后,逢此百罹

有兔爰爰,雉离于罗。我生之初,尚无为。
我生之后,逢此百罹。尚寐无吪。
有兔爰爰,雉离于罦。我生之初,尚无造。
我生之后,逢此百忧。尚寐无觉。
有兔爰爰,雉离于罿。我生之初,尚无庸。
我生之后,逢此百凶。尚寐无聪。

《王风·兔爰》

大意:

野兔往来任逍遥,山鸡落网惨凄凄。我刚出生的时候,没有战乱没有灾。

在我成年这岁月,遭遇种种苦难困境。但愿长醉不复醒!

野兔往来任逍遥,山鸡落网悲戚戚。在我幼年那时候,人们不用服徭役。

在我成年这岁月,各种忧患都经历。但愿长睡不相见!

野兔往来任逍遥,山鸡落网战栗栗。在我幼年那时候,人们不用服劳役。

在我成年这岁月,各种灾祸来相逼。但愿长睡不相闻!

读《王风》,会有浓厚的末世之音。像波德莱尔在《恶之花》中写的,"惨淡而古怪的天空,像你的命运一样焦虑"。

《兔爰》是一首伤时感世的诗。《毛诗序》说:"《兔爰》,闵周也。桓王失信,诸侯背叛,构怨连祸,王师伤败,君子不乐其生焉。"这是依《左传》立说,有史实根据,因此《毛诗序》说的此诗主题无误。

诗共三章,每章首二句都以兔、雉作比。兔性狡猾,所谓"狡兔三窟",用来比喻小人;雉性耿介,用以比喻君子。"罗""罦""罿",都是捕鸟兽的网,既可以捕雉,也可以捉兔。但诗中只说网雉纵兔,意在指小人可以逍遥自在,而君子无故遭难。通过这一形象而贴切的比喻,揭示出当时社会的黑暗。苏辙说:"世乱则轻狡之人肆,而耿介之士常被其祸。"此诗前两句道明了诗的写作背景,乃是君子罹祸、小人恣意的黑暗社会。中间四句,以"我生之初"与"我生之后"做对比。我年少时候,天下太平无事;我成年之后,频频遭遇灾祸。在今昔对比之中,表达了诗人对现实失望而又沉痛的心情。君子本应有所作为,可世道之乱,已经让他无可奈何,无力回天,与其经历这许多痛苦,不如沉睡不醒直至死去,可见他已是失望至极,沉痛至极。

战国楚简《孔子诗论》说"《有兔》不逢时"。《兔爰》诗首句是"有兔爰爰",古人常以诗篇首句作为篇名,《有兔》就是《兔爰》。《孔子诗论》认为《兔爰》这首诗所表达的是一种生不逢时的情绪。这是一种直观的概括。朱熹《诗集传》说:"为此诗者,盖犹及见西周之盛。"认为此诗大概为宣王至平王期间的作品,与《王风·扬之水》大体相近。诗篇可视作西周、东周之交贵族没落情绪的写照,进而引起诗人的反复咏叹。

后世历史上,与《兔爰》一诗所描写的情境相似的,有蔡文姬的《胡笳十八拍》。我们来看蔡文姬《胡笳十八拍》(第一拍)所写:"我生之初尚无为，我生之后汉祚衰。天不仁兮降乱离，地不仁兮使我逢此时。"诵读这首诗，读者莫不为之哀痛叹息。郭沫若这样称赞《胡笳十八拍》："像滚滚不尽的海涛，像喷发着熔岩的活火山，那是用整个灵魂吐诉出来的绝叫。"这与《兔爰》这首诗的思想情绪不是很一致吗？

《礼记·乐记》："凡音者，生人心者也。情动于中，故形于声，声成文谓之音。是故治世之音安以乐，其政和；乱世之音怨以怒，其政乖；亡国之音哀以思，其民困。声音之道，与政通矣。"一切音乐都产生于人的内心。情感在心中激荡，便通过声音表现出来。所以太平盛世的音乐安详而快乐，这是政治宽和的表现；乱离时代的音乐哀怨而愤怒，这是政治乖悖混乱的表现；国家破亡时的音乐哀伤而感怀，这是人民生活困苦窘迫的表现。音乐的道理，与政治是相通的。《胡笳十八拍》只是一首琴曲，虽表达的是悲怨之情，但也是"浩然之怨"。宋亡后，也许正是有这类流传广泛的"不胜悲"、充满"浩然之怨"的曲子，才有了"心石铁"的坚持到底，从而使文化的血脉不绝于缕，不断延续下去。

仔细读一下，《兔爰》流露的"浩然之怨"虽不及《胡笳十八拍》那么令人扼腕，却也表达了诗人身处末世的"感时花溅泪"。愚以为，并非"怒发冲冠，凭栏处、潇潇雨歇"才能表达斗志，有时候，"尚寐无吪""尚寐无觉""尚寐无聪"表达的也是一种无言无奈的气概，与被后人称为"亡国之音"的《玉树后庭花》以及"人生长恨水长东"（元好问《临江仙·自洛阳往孟津道中作》）有明显区别。

杜甫写过《曲江二首》，那是在安史之乱还没有平息、肃宗刚刚回到长安时写的，诗中说，"朝回日日典春衣，每向江头尽醉归"。许多人对此很不以为然，杜甫怀有"致君尧舜"和"窃比稷契"的理想抱负，何以竟在朝廷百废待兴之时写出这种及时行乐的话来？叶嘉莹先生这样讲："真正伟大的诗人从不避讳说出自己的软弱与失意。比如杜甫，他眼看着肃宗朝廷的腐败和唐朝国力的衰落,自己不但无可奈何而且不久也就被贬出京,他怎能不产生失望的情绪?"如此看来,《曲江二首》实在是表现了诗人心中十分复杂的感情,而不是表面的颓废、失意。

讲"颓废"的诗,不得不又一次提及《古诗十九首》。这些诗在揭露现实社会黑暗,抨击末世风俗的同时,也隐含了诗人对失去的道德原则的追恋。这种无可奈何的处境和心态,加深了诗人的信仰危机。事功不朽的希望破灭,诗人转而从一个新的层面上去开掘生命的价值。无论是露骨宣称为摆脱贫贱而猎取功名,还是公开声言要把握短暂人生而及时行乐,诗人在感叹人生时,虽出言愤激,却也并非甘于颓废,有人仍保持洁身自好,寻觅精神上的永恒。

《古诗十九首》吟唱出人生的苍凉和生命的无奈,其浓厚的悲剧意识和生命情调使它具有特殊的艺术魅力。王国维《人间词话》云:

> "生年不满百,常怀千岁忧。昼短苦夜长,何不秉烛游。""服食求神仙,多为药所误。不如饮美酒,被服纨与素。"写情如此,方为不隔。

所谓"不隔",指感情的深度与表达的艺术高度。《古诗十九首》之所以雄视千古,至今仍被我们铭记,得益于其浓厚的悲剧意识和隽永的悲凉之音,这便是它在中国文学史上高不可及的原因。

人生也许有永恒的叹惋但没有完全的绝境,再回到《兔爰》,姑且把它看作"颓废主义"诗歌的滥觞,我们从中了解到处于困境中的先民并无异于今天的我们,先民的怕与爱在大数据时代也依然有它的影子。时间是巨浪,人需要时刻丈量自我与他人以及整个外部世界的关系,在遗世独立与从众之间找寻一个平衡点,这个过程会是非常痛苦的,会感觉到生命的脆弱乃至死亡的迫近，但这就是生命存在的体验。伟大的哲人老子在周王室任职多年，亲眼见证了周室衰微，遂弃官隐去。是否在某一天突然感慨"我生之初，尚无为"，才创生出"无为而无不为"的人生哲学也说不准。"复归于婴儿"讲的是人的理想状态，只是一个人在经历尘世沾染后很难再回到"我生之初"，与其向往葆有孩童的纯净，不如为自己的生活做减法，及时止损。在世事纷扰中，做到"无吪""无觉""无聪"，也不失为一种以退为进的策略吧。

从"大叔"到"小鲜肉"
　　——不如叔也，洵美且仁

叔于田，巷无居人。岂无居人？不如叔也，洵美且仁。
叔于狩，巷无饮酒。岂无饮酒？不如叔也，洵美且好。
叔适野，巷无服马。岂无服马？不如叔也，洵美且武。
《郑风·叔于田》

大意：

叔去打猎出了门，巷里就像没住人。难道真的没住人？没人能与叔相比，那么英俊又慈仁。

我叔出门去打猎，巷里无人在饮酒。真的没人在饮酒？别人样样不如叔，那么英俊又善良。

我叔骑马去野外，巷里没人在骑马。真的没人会骑马？没人能够比过他，确实英俊力又大。

这首诗的感情真挚细腻，歌者很可能是一位倾心于青年猎人的姑娘，"叔"去打猎了，街巷里连喝酒和骑马的人都没有了，这是怎么回事？原来不是真的没有人，而是其他人跟"叔"一比根本不值一提，女主当然视而不见。叔会骑马，会打猎，豪迈英武，风度翩翩，街巷无双，难怪女子的眼里只有"叔"，想必这就是那个时代的"大叔控"。这样英勇俊美的男人，在任何时代、任何地方都应该是公认的当之无愧的帅哥吧。

此帅哥或是一位青年猎人——古代兄弟次序为伯、仲、叔、季，年岁较小者统称为叔。此诗的主旨背景，古今因对"叔"特指内涵的不同理解，而明显地分为两派。一派认为"叔"是特指郑庄公之弟太叔段（共叔段）。《毛诗序》云："《叔于田》，刺庄公也。叔处于京，缮甲治兵，以出于田，国人说而归之。"今人陈子展《诗经直解》说："《叔于田》，赞美猎人之歌。"程俊英《诗经译注》也说"这是一首赞美猎人的歌"，以为"叔"指青年猎手。袁梅《诗经译注》则承朱熹《诗集传》之说："这支歌，表现了女子对爱人真纯的爱慕。"

诗中虽然没有具体写叔"帅"在哪里，但"巷无居人""巷无饮酒""巷无服马"的描写，则将众人"不如叔也"的平庸与叔气度超卓（"洵美且仁""且好""且武"）的反差强调到极致。而通过居里、喝酒、骑马这样的生活细节来表现叔的美好形象，诗的末句"不如叔也"，不仅使主题更为充实，也使对叔的夸张描写显得有据可信。从一句句真挚的虚笔抒怀中能看出，他是很受人爱慕的。但叔到底好在哪儿呢？接下来的《大叔于田》，就给了我们答案：

叔于田，乘乘马。执辔如组，两骖如舞。叔在薮，火烈具举。
袒裼暴虎，献于公所。将叔勿狃，戒其伤女。
叔于田，乘乘黄。两服上襄，两骖雁行。叔在薮，火烈具扬。

叔善射忌，又良御忌。抑磬控忌，抑纵送忌。

　　叔于田，乘乘鸨。两服齐首，两骖如手。叔在薮，火烈具阜。
叔马慢忌，叔发罕忌，抑释掤忌，抑鬯弓忌。

　　叔驾车去郊外打猎，他手执缰绳如丝组，赤手空拳打猛虎。那"火烈具举。襢裼暴虎"（大火熊熊燃烧，大叔赤膊上阵徒手搏猛虎）的场面，让人一下想到了另一位打虎英雄武松。武松是在喝醉的情况下意外碰见了"大虫"，而叔是特意去打猎的。相比之下，叔应该更胜一筹吧。女子在赞叹之余非常贴心地叮嘱"将叔勿狃，戒其伤女"（劝叔不要太大意，小心猛虎伤害你）。无论是他的驾车技术，还是射箭技术，都达到了出神入化的地步。从初猎、猎中到猎毕的整个过程，叔表现得那么轻快自如，威武帅气。在我们看来根本不可能的徒手打虎、乘车打猎，对叔来说就是小菜一碟。这样一个英武有为的"大叔"怎能不得到大家的赞颂呢？

　　"大叔"在今天的意思早已发生了改变，有数据统计，在现代社会中，有70%左右的女人都更加喜欢"大叔型"的男人，也就是比自己大一定岁数的男人，她们觉得这样的男人更加成熟有魅力，很多女孩丝毫不掩饰自己是"大叔控"，当然此大叔非彼大叔。

　　我们还是回到那个时代的"大叔"。《诗经·国风》中的男性形象也非常多样化，大多以正面形象为主，延续了上古时代对勇与力的崇拜，且有一个共同点——以"君子有德"为评判标准，既侧重孔武有力的形象描绘，还注重威仪之美、德行合一的形象塑造，显现出作者对宽厚仁德品质的推崇。《诗经》中的女子形象千姿百态，历来倍受学者们关注和探究，相比之下对男性形象的研究就没那么丰富了。

　　在血与火铸就的蛮荒年代，人们战胜自然的前提就是勇武和征服。《山海经》中"夸父逐日"的悲壮故事就是那个时代及时代精神的折射。

夸父死在追日的路上，可他那勇敢探求的精神，气吞山河的气魄，造福后人的美德，铸就了他与日月同辉的崇高形象，反映了中国古代先民战胜自然的愿望。神话时代之后相当长的时间，人们依然延续着对英雄的崇拜。《大雅》中赞颂后稷、公刘、太王、王季、文王、武王的史诗，反映了周人征服大自然的伟绩及他们发展壮大的历史，其中的主人公仍然带有神话时代的英雄气质。

《国风》中对男性形象的描绘有其特定的尚德和田猎等文化成因，寄寓了作者对男性群体特征的审美趋向与价值判断。

比如《邶风·简兮》就是一首赞美魁梧健壮的舞者的诗：

> 简兮简兮，方将万舞。日之方中，在前上处。
> 硕人俣俣，公庭万舞。有力如虎，执辔如组。
> ……

《卫风·伯兮》中"伯"是一位威武雄壮并且得到君王重用的勇士。《齐风·还》写两位猎人在还猎途中相遇后的互相赞叹，在相互赞叹中凸显了两位猎手的高超射技。从这些赞美勇、力之诗的共性看，"孔武有力"是国风时代勇士的共同特点，射技高超则是其必备的条件之一。不论是健壮的舞师还是善射的猎手，他们力量的强大和射技的高超，都暗示他们是好战士。在赞美青年猎人的另一首诗《卢令》中同样也提到了"美且仁""美且鬈""美且偲"，勾勒出一个壮美、仁爱、勇武、多才的男子形象。

先秦时代，中国对男性的审美并未有相对统一的标准，从古籍作品来看，尚文与尚武的男性都受到一定的追捧。例如，《左传》中记载过一则郑国女子的择偶故事，原文说道：

> 子晳（公孙黑）盛饰入，布币而出；子南（公孙楚）戎服入，左右射，超乘而出。女自房观之，曰："子晳信美矣，抑子南夫也，夫夫妇妇，所谓顺也。"适子南氏。

在外表华美且多金的子晳与胡服剽悍的子南之间，这位女子最终选择了后者，可见"武"夫在当时颇受欢迎。但另一方面，也有对"文"的男性的崇尚，"彼其之子，美如英""彼其之子，美如玉"（《汾沮洳》），用纷繁的花朵和无瑕的玉来描绘男性美。

这些外形俊美、身材健硕、善于骑射的美男，就像是古希腊的雕塑，都是力与美的结合，焕发着一种特殊的美，让人看着就心情愉悦。可力量型的美男就真能产生万人空巷的效应吗？肯定不是，这阳刚之美不仅来自外表，更来自其气质和风貌。所谓道德君子，温润如玉。

这些"美且仁"的"大叔"们，虽历经了千年却依旧丰满鲜活。

我们今天对"花样美男"并不陌生，近年偶像选秀节目接连火爆各大网络平台。对靠选秀收获高人气的美男们，网络上分为两派，一种是不太认识也不想认识，他们觉得现在的偶像风格都比较偏阴柔风，五官精致、身材瘦高，只要用心留意一下身边那些潮流达人，就会发现很多人都喜欢往这种风格靠拢；另一种是"我的崽，姐姐永远pick你！"

早在二三十年前，80后、90后的父母那一辈流行的男明星，都喜欢梳着一个大油头或者不羁的发型，穿上花衣裳和大喇叭裤，这兴许代表着改革开放后他们对个性解放的追求，虽然在我们现在看来略显浮夸。那时这类甜腻俊美的男演员被统一称为"奶油小生"，说出来你可能大跌眼镜，影视界的第一位奶油小生竟然是唐国强。而时间再往前推一点，当时大众更偏爱像高仓健那种刚毅勇敢的钢铁硬汉形象。

日本电影《追捕》让主角高仓健风靡全中国，当时中国刚刚改革开放，高仓健高大威猛、刚正不阿的形象很受欢迎。后来香港影视圈崛起，《上海滩》中饰演许文强的周润发，吸引了无数少女为之疯狂。发哥身材高大，却又十分绅士，给人一种刚中带柔的男子汉气息，这种类型的男明星迅速在香港影坛闯出一片新天地。而内地的电视剧也逐渐发展起来，出现了一批俊朗潇洒的男演员，他们大都是国字脸，浓眉大眼、五官端正，一看就有"五险一金"，这是妈妈们最喜欢的标准铁饭碗长相。

到了现在，受日韩文化影响，国内的"小鲜肉"市场被点燃了。而新生代演唱组合TFBOYS的崛起，则代表着国内偶像更趋于年轻化。现在的娱乐圈，大批年轻偶像涌现。偶像的更新速度越来越快，相貌也越来越娇嫩白净。满屏的电视节目中，血气方刚的男儿本色越来越少，充斥着一群白嫩无瑕的"小鲜肉"。让人不由喟叹：我们今天还有男子汉吗？

面对流行文化对青少年的影响，今天的教育界多次呼唤和实施"男子汉教育"。对于孩子，尤其是对于男孩子来说，更需要培养他们铮铮铁骨的意志，血气方刚的勇气，而不是培植病态的审美与阴柔之风。"拯救男孩"不应只是一个口号在风中飘荡，"一个男人要走多少路，才能称得上男子汉？"历练阳刚之美，不如先从读《诗经》开始吧。

"岂无居人？不如叔也，洵美且仁。"

难怪音乐教父李宗盛慨叹："既然青春留不住，还是做个大叔好。"

我们不说爱已很久了
　　——琴瑟在御,莫不静好

女曰:"鸡鸣。"

士曰:"昧旦。"

"子兴视夜,明星有烂。"

"将翱将翔,弋凫与雁。"

"弋言加之,与子宜之。宜言饮酒,与子偕老。琴瑟在御,莫不静好。"

"知子之来之,杂佩以赠之。知子之顺之,杂佩以问之。知子之好之,杂佩以报之。"

《郑风·女曰鸡鸣》

大意:

女子说:"鸡已经叫了。"

男子说:"天才亮了一半。"

"你且下床看看天,启明星儿亮晶晶。"

"鸟儿空中正翱翔,射些野鸭和野雁。"

"射中鸭雁拿回家,做成美味佳肴。就着美味来饮酒,恩爱生活百年长。你弹琴来我鼓瑟,夫妻安好心欢畅。"

"知你对我真关怀,送你杂佩表我爱。知你对我多温柔,送你杂佩表我情。知你对我情义深,送你杂佩表我心。"

这首诗恰似一幕生活小剧,黎明时分,女人推推身旁的男人:"鸡都叫啦,快起床吧!"男人睁开惺忪睡眼,咕哝着:"天还没亮哪。"丈夫的瞌睡被扰了,显然略有不快之意,说:"你就让我再睡会儿嘛,满天明星还闪着亮光。"妻子看他没动静,想到丈夫是家庭生活的支柱,干活得趁早啊,半嗔怪半撒娇地说:"你今天要是射中些鸭子和大雁,我早点把它们煮了,我们一起喝点小酒,不亦乐乎。"丈夫听了有点不好意思了,捏捏她的脸:"好啦,我知道你是最体贴关心我的,我这就去打猎啦!"

就女催起而士贪睡这一情境而言,《齐风·鸡鸣》与此仿佛,但人物的语气和行动与此首不同。《齐风·鸡鸣》中女子的口气疾急决然,连声催促,警夫早起,莫误公事;男的却一再推托搪塞,贪恋枕衾而纹丝不动("虫飞薨薨,甘与子同梦。会且归矣,无庶予子憎")。而此篇女子的催声中饱含温柔缱绻之情,男子被再次催促后做出了令妻子满意的积极反应。这样自然地就有了下面温馨唱和的场面:

  你弹琴来我鼓瑟,夫妻安好心欢畅。
  知你对我真关怀,送你杂佩表我爱。
  知你对我多温柔,送你杂佩表我情。
  知你对我情义深,送你杂佩表我心。

这首诗生动逼真,情趣盎然,赞美了青年夫妇和睦的生活、诚笃的感情和美好的心愿。汉时,京兆尹张敞与妻子十分恩爱,每日为其描眉后方才上朝。长安城里皆传张京兆画眉技艺娴熟,其夫人之眉一如黛山连绵,妩媚之至。后有好事之人将闲话传到汉宣帝耳中,一日朝时,汉宣帝当着群臣之面问及此事,张敞从容答道:"闺中之乐,有甚于画眉者。"

诚然，幸福的家庭都是类似的。

要说"琴瑟在御，莫不静好"的典范，当属《浮生六记》中的沈三白、陈芸夫妇吧。三白说芸娘："其癖好与余同，且能察眼意，懂眉语，一举一动，示之以色，无不头头是道。"两人都属"胸无大志"之类。芸娘一生所向往的，不过是"若布衣暖，菜饭饱，一室雍雍，优游泉石，如沧浪亭、萧爽楼之处境，真成烟火神仙矣"，"他年当与君卜筑于此，买绕屋菜园十亩，课仆妪，植瓜蔬，以供薪水。君画我绣，以为持酒之需。布衣菜饭，可乐终身，不必作远游计也"。

琴瑟和鸣、珠联璧合莫过于此：

余尝曰："惜卿雌而伏，苟能化女为男，相与访名山，搜胜迹，遨游天下，不亦快哉！"

芸曰："此何难，俟妾鬓斑之后，虽不能远游五岳，而近地之虎阜、灵岩，南至西湖，北至平山，尽可偕游。"

余曰："恐卿鬓斑之日，步履已艰。"

芸曰："今世不能，期以来世。"

余曰："来世卿当作男，我为女子相从。"

芸曰："必得不昧今生，方觉有情趣。"

…………

在那个男尊女卑的时代，沈复对他妻子已经算是极好的了。而芸的出色也恰是在细节中呈现：她是一个父亲早丧独自靠女红养活一家、自学认字的才女。沈复很喜欢描写她如何陪自己在闺房中谈诗论书、赏月饮酒，这也是此书情致动人、独一无二之所在。古来才子喜欢描述名妓狎玩的故事（沈复当然也写了类似篇章），但如此深情描写自己夫人的，却实在罕见罕闻。芸也的确是个心路活泼的妻子，比如，敢于女扮男装去看庙会，能够雇了馄饨担子为丈夫的赏花会温酒。诸如此类，乍读便令人神往，觉得实在是个有趣的女子。但略多读几遍可知，芸最可贵处是她风雅感性之后的缄默沉静。林语堂先生说芸是"中国文学中最可爱的女人"，诚非过誉。

更确切地说，芸是中国文学中最可爱的妻子。同样，《诗经》中这位曰"鸡鸣"的女子也是一位可爱的妻子。此女子之所以可爱，是因为她催夫早起不是板着面孔喊："鸡都叫三遍了，还不快起来挣钱去！"而是在平凡甚至贫瘠的日常中对生活和情感依然有炽热和诗意的期待。热恋中的海誓山盟固然感人，而婚后把日子过成诗，更胜却人间无数。

很多文学作品中都刻画了鲜明的女性形象，却鲜有如此让人难忘的"妻子"，文学影视作品中的夫妻关系也是流于刻板。即便文学史上留下佳话的伉俪，比如为人津津乐道的钱锺书与杨绛先生，我们能记住的也无非是他给她的最高评价："最贤的妻，最才的女。"

关于爱情的歌，我们已听得太多。上升为夫妻，要么成为一段坎坷感情的终结，要么成为另一段精神散步的开始。我们读到这首诗，之所以在两千多年后的今天依然感怀，不仅因为诗中平凡的幸福，更因为那些朴素的日常蕴藏着让人容易忽略的浪漫。

《红楼梦》以大观园诸女儿的婚姻和爱情的悲剧表现了中国古代的种种婚姻观及其结局，即便是王熙凤和贾琏这对貌合神离的夫妻，也曾有过动人的瞬间：

> 当下贾琏正同凤姐吃饭，一闻呼唤，不知何事，放下饭便走。
> 凤姐一把拉住，笑道："你且站住，听我说话。若是别的事我不管，若是为小和尚们的事，好歹依我这么着。"如此这般教了一套话。

贾琏笑道："我不知道，你有本事你说去。"凤姐听了，把头一梗，把筷子一放，腮上似笑不笑的瞅着贾琏道："你当真的，还是玩话？"贾琏笑道："西廊下五嫂子的儿子芸儿来求了我两三遭，要个事情管管。我依了，叫他等着。好容易出来这件事，你又夺了去。"凤姐儿笑道："你放心。园子东北角子上，娘娘说了，还叫多多的种松柏树，楼底下还叫种些花草。等这件事出来，我管保叫芸儿管这件工程。"贾琏道："果这样也罢了。只是昨儿晚上，我不过是要改个样儿，你就扭手扭脚的。"

第十三回开头便写道："凤姐儿自贾琏送黛玉往扬州去后，心中实在无趣，每到晚间，不过和平儿说笑一回，就胡乱睡了。"

仔细推敲"胡乱睡了"这四个字，这不正是我们惦记一个人的状态吗？贾琏与凤姐又何尝不是最普通真实的夫妻？而婚姻中的睡眠，还有另一种模式。诗人娜夜在《婚姻里的睡眠》中写道：

> 我睡得多么沉啊
> 全然不知
> 他们就这么进来了
> …………
>
> 在我一直和一只蜘蛛交谈的梦里
> 他们启开我书房的白兰地
> 慢慢
> 摇着
> 交换了身体里的热

还灌醉了我的猫

它的眼睛醉了

爪子和皮毛也醉了它的腰

在飘

它喵喵着

喵……喵着

我睡得多么沉啊

这一切

我全然不知

  还有个著名的故事是《聊斋志异》中的《凤仙》。为了让夫婿刘赤水长进,狐女凤仙送给丈夫一面镜子,用以督导他读书。每当夫婿努力攻读,就可以在镜子里见到凤仙"盈盈欲笑";反之,就见到她"惨然若涕"。对那个时代的读书人来说,"黄金屋"和"颜如玉"便是他们全部的动力了。作为一名政治思想正确的狐女凤仙,对刘赤水训导道:"君一丈夫,不能为床头人吐气耶?黄金屋自在书中,愿好为之。"终于,夫婿读书成功,一举成名,可以昂然立于僚婿之中,皆大欢喜。篇末,有异史氏曰:"嗟乎!冷暖之态,仙凡固无殊哉!'少不努力,老大徒伤。'惜无好胜佳人作镜影悲笑耳。吾愿恒河沙数仙人,并遣娇女婚嫁人间,则贫穷海中少苦众生矣。"

  而另外一个读者耳熟能详的场景是:史湘云等人规劝宝玉要走"仕途经济"之路,宝玉听得逆耳,随口说:"林姑娘从来说过这些混账话不曾?"这句话偏又让林黛玉在暗中听到,"不觉又喜又惊,又悲又叹"。

无论是婚姻合伙人凤姐、贤内助凤仙还是灵魂知己黛玉，或者国风时代的妇女轻唤伴侣"将翱将翔，弋凫与雁"，她们赐予另一半的爱的箴言，细品起来，不过都是"女曰鸡鸣，士曰昧旦"。这古老中国最朴素的夫妻对白，只是有时候会变奏为和弦。浮生若梦，为欢几何？

"'死生契阔，与子相悦。执子之手，与子偕老'是一首最悲哀的诗……生与死与离别，都是大事，不由我们支配的。比起外界的力量，我们人是多么小，多么小！可是我们偏要说：'我永远和你在一起，我们一生一世都别离开。'——好像我们自己做得了主似的。"张爱玲女士早就参透了婚姻，我们来读"死生契阔"的下半句："于嗟阔兮，不我活兮。于嗟洵兮，不我信兮。"（可叹如今散落天涯，怕有生之年难回家乡。可叹如今天各一方，令我的信约竟成了空话。）

在我看来，"宜言饮酒，与子偕老"比"执子之手，与子偕老"更浪漫绵长。亲，今晚回家不如小酌一杯吧，虽然我们不说爱已很久了……

你再不来,我就下雪了
——子不我思,岂无他人

子惠思我,褰裳涉溱。子不我思,岂无他人?狂童之狂也且!
子惠思我,褰裳涉洧。子不我思,岂无他士?狂童之狂也且!

《郑风·褰裳》

大意:

你若爱我想念我,赶快提衣蹚溱河。你若不再想念我,岂无别人来找我?你真是个傻哥哥!

你若爱我想念我,赶快提衣蹚洧河。你若不再想念我,岂无别的少年哥?你真是个傻哥哥!

先解释几个字:"褰",提起;"裳",古代指下衣;"溱",郑国水名,发源于今河南密县东北;"洧",郑国水名,发源于今河南登封市东阳城山,即今河南省双泪河。溱、洧二水汇合于密县。溱洧水畔,与卫之桑中、陈之宛丘一样,为当时男女相会之地。"子惠思我",是说"你小子是不是看上本姑娘啦?"看上我的话,就不要管溱洧水深几何,赶快提起衣裳蹚过来。你若不再惦记我,难道就没有别人爱我了吗?

溱水和洧水岸边发生过很多动人的故事,当时郑国的风俗,三月上巳日这天,人们要在东流水中洗去宿垢,祓除不祥,祈求幸福和安宁,同时也互诉爱慕。春天与爱情,本来就是密不可分的。在另一首《郑风·溱洧》中描述过这个盛大旖旎的场面:

> 溱与洧,方涣涣兮。士与女,方秉蕑兮。女曰:"观乎?"士曰:"既且,且往观乎?"洧之外,洵订且乐。维士与女,伊其相谑,赠之以勺药。
>
> 溱与洧,浏其清矣。士与女,殷其盈兮。女曰:"观乎?"士曰:"既且,且往观乎?"洧之外,洵订且乐。维士与女,伊其将谑,赠之以勺药。

朱熹《诗集传》曰:"郑国之俗,三月上巳之辰,采兰水上以祓除不祥,故其女问于士曰:盍往观乎?士曰:吾既往矣。女复要之曰:且往观乎?盖洧水之外,其地信宽大而可乐也。于是士女相与戏谑,且以勺药为赠而结恩情之厚也。此诗淫奔者自叙之辞。"李敖对此诗有过很有趣的注解,感兴趣的读者可以自行了解。

再回到《褰裳》,全诗只有短短的两章,用词很有口语的特点,读完只觉得一个俏皮的姑娘形象跃然纸上。她坦坦荡荡地对喜欢的人说:

"你倘要思念我，就提起衣襟渡溱来！"生怕对岸的心上人不回应，小心脏突突跳，赶紧又给自己台阶下："你到底来不来？你要是心里没有我了，排队追我的人多的是。"

这种远古的情感模式，颇有现代感。今天的男女在朋友圈对心仪对象隔空喊话的时候，不也故意贴出自己跟其他异性的照片给对方看吗？哼哼，我叫你再含蓄，你不来追我，难道我就没别人喜欢了吗？这里面有嗔怪有挑衅也有邀请。"他士"有点像今天人们说的"备胎"。

"子惠思我，褰裳涉溱。"真是快人快语，毫不拖泥带水。较之于《郑风·将仲子》那"无逾我里，无折我树杞"的瞻前顾后，显得非常泼辣和爽快。较之于《郑风·狡童》中"彼狡童兮，不与我言兮。维子之故，使我不能餐兮"的呜咽吞声，也显得通达和坚强。这首诗的女主，也是《诗经》里最可爱的女子之一。

我们今天读《诗经》，经常会谈到其现代性问题，很多时候是远古的蕴藉唤醒了我们今天沉睡的诗意和蒙尘的情感。比如这首诗，女子的爱情观就相当前卫，既自尊又炽烈地表达了感情，还带着几分狡黠可爱。她很看重这位男子，但不知什么原因男子踟躇不前，犹豫不决。姑娘何止是戏谑心上人，几乎是盛情邀请"哥哥你大胆地往前走"——"你再不来，我就下雪了"。木心在《我纷纷的情欲》里叹道："从前的人多认真，认真勾引，认真失身，峰回路转地颓废。"

今人说它是爱情诗，也对，也不太准确。准确说，应该是溱洧河畔男女相会打情骂俏的风情诗。对此，《周礼·地官·媒氏》记载说，仲春之月，政府允许男女自由相会，男女"奔者不禁"。这在《周礼》中又称为"婚会"，《管子·入国》则称为"合独"。即对于发生在早春的男女"野合""私奔"等违礼行为，政府不仅不加以制止，反而下令使男女相会，要求失婚的男女必须尽快寻找配偶，否则是要加以惩罚的。

周礼婚制规定，男女结婚的起始年龄是男二十、女十五，是为婚时。凡是男超过三十，女超过二十还不结婚的，叫"失时"。

在任何朝代，都会有因为种种原因没能及时婚配的"剩男剩女"。比如《召南·摽有梅》被称为最早的女性"征婚"诗，朱熹认为其诗旨为"女子惧其嫁不及时"也。诗中的女子多么渴望及时成婚，已经到了不要求男方准备婚礼，立马跟他走的地步。

另外在周代，正规的婚嫁要经过复杂的礼节，即"六礼"。但是在当时，大多数穷苦的民众没有能力准备齐全"彩礼"，也不可能完全遵守繁杂的礼仪，如果因此就不能成亲，那么势必会减少人口数量。为了既"守礼"又顺乎民情，促成乡野之民的婚姻以繁殖人口，统治者非常具有"人文关怀"地择出一年里最春光明媚的日子，放松礼制的约束，鼓励失时男女或者穷困人家有更多的机会婚配。"找对象，靠政府"，政府都给你包分配了，谁再矜持谁活该被剩下，这也是国风时代的先民在仲春之月"性开放"的主要原因。

诗中女主人公虽用责备的口气指责男子不够积极主动，实则表现出女子对男子感情的真诚和热烈，而且表达得大方、自然而又朴实巧妙。全诗二章，每章五句，以独白的方式铺陈其事，叙事中饱含抒情与笑谑，迂回曲折，跌宕多姿，表达了微妙的内心情感。

《郑风·狡童》也表达了近似的意思。"彼狡童兮，不与我言兮。维子之故，使我不能餐兮。""狡童"，指美貌少年。"狡"同"姣"，美好；一说为狡猾，如口语的"滑头"之类，是戏谑之语。那个滑头小伙子，为何不和我说话？都是你的缘故，使我饭也吃不下。喂，明明看见你给别人点赞了呀，怎么偏偏我发消息你只在心里"已读"？

佛法讲人生八苦里，一苦就是求不得。比求不得还苦一点的，自然是得而又失。不少自诩为"独立"的女孩子，在喜欢上一个人以后变得患得患失。担心联络太频了对方不耐烦，又担心互动太少对方移情别恋——适当地上心是彼此爱慕相处的良性反应，但如果把精力都花在担忧联络的频率上，很快这段关系就会"形式大于实质"。害怕失去，是因为一段感情的出现让你放弃了对自我节奏的掌控，或者说认为"自我节奏"低"感情生活"一等，因而变得战战兢兢了。

《郑风·狡童》中的这位女子就是如此，或许是一次口角，或许是一个误会，小伙子无意的举动，她竟为之寝食不安。

这两首小情歌，虽然都有苦，但比起征夫思妇之痛，着实明快了很多。其实在感情里吃点苦，也不完全是坏事。因为痛苦是恋爱必修的课程，只要不自我麻醉，不推卸责任，屡败屡战又何妨，总能有所成长。

美国心理学家胡特创造了一个术语——不含诱惑的深情。他认为人与人之间最美好的情感，是我深深地理解你、接纳你，而且不给你设任何条件。我对你好，是发自内心的意愿，不求任何回报，如果你能够回报，那更加让人感动，因为从你的回报里恍若看到了自己存在的意义与被在乎的质感。

"不含诱惑的深情"真美好啊！释放无限光明的是人心，制造无边黑暗的也是人心，光明和黑暗交织着、厮杀着，这就是我们为之眷恋而又万般无奈的人世间。然而，饱含"诱惑"就不深情了吗？"子不我思，岂无他人？"女主不卑不亢地发出爱的信号，何尝不是一种引诱。

喜欢一个人，考验的不是对方，而是自己。学会发现生活的质感，学会掌控自己的节奏，学会分享自己的喜悦——别害怕这种考验，只要你不放弃自己，你就会成长，也能够在自己的节奏里，把生活给予的每一道考验，都变成礼物。

"爱情"这个词对男女两性有完全不同的意义，这是使他们产生严重误会的一个根源。毛姆说："同样坠入情网，男人和女人的区别是，女人可以一天到晚谈恋爱,而男人只有几分钟。"因爱而生出卑微之心,是人皆有之的感情。"几乎所有的女人都梦想过'伟大的爱情':她们经历过爱情替代品,她们靠近过这种爱情,它以未完成的、危险的、可笑的、不完美的、虚假的面目造访过她们,但很少有人把自己的生存真正奉献给它。"所以,当波伏娃说出以下的话时,无数女性为之振奋,"有一天,女人或许可以用她的'强'去爱,而不是用她的'弱'去爱,不是逃避自我,而是找到自我,不是自我舍弃,而是自我肯定,那时,爱情对她和对他将一样,将变成生活的源泉,而不是致命的危险。"

《褰裳》里的女主之所以可爱,正是因为她呈现出了一种难能可贵的放松——我对你表达,也只是做了我自己想做的事情,至于你回不回应,那是你的选择。只有在情感里放松的人,无论对方出不出现,这种情感都能转化为一种内在的滋养。

孤意与深情
——出其东门，有女如云

出其东门，有女如云。虽则如云，匪我思存。
缟衣綦巾，聊乐我员。
出其闉阇，有女如荼。虽则如荼，匪我思且。
缟衣茹藘，聊可与娱。

《郑风·出其东门》

大意：

走出城东门，女子多如云。虽然女子多如云，都不是我心上人。

身着白衣绿裙人，才让我快乐又亲近。

走出外城门，女子多如花。虽然女子多如花，都不是我爱的人。

身着白衣红佩巾，才让我中意又欢欣。

《出其东门》表达的意思很简单，即弱水三千，只取一瓢饮；娇玫万朵，独摘一枝怜；满天星斗，只见一颗芒；人海茫茫，唯系你一人。

好便好，历来注家对此诗添加了不同的读解。《毛诗序》以此诗为哀悯处于动乱中的人民而作："《出其东门》，闵乱也。公子五争，兵革不息，男女相弃，民人思保其室家焉。"后人对此并不认同，方玉润《诗经原始》云："然诗方细咏太平游览，绝无干戈扰攘，男奔女窜气象。""贫士风流自赏……以为人生自有伉俪，虽荆钗布裙自足为乐，何必妖娆艳冶，徒乱人心乎？"认为此诗主题为男子忠于婚姻："不慕非礼色也。"现代论者多将此诗解读为爱情诗，写恋爱中的男子心有专属，不慕荣华，不为外界美色所动云云。更有人解读为表达作者不同流俗、独立不迁的志向，以及感时伤世、企求知音的愿望。

然而，诗的魅力之所以经久不衰，自有它内部散发的馥郁香气，打动后世的也必然是那穿越时空的哀愁与诗意。这份诗意，任凭学究们如何往正道牵引也徒劳，正如李敬泽先生言："《诗经》是好的，但要看出《诗经》的好，必得把秦汉之后诠释一概抛开，直截了当地读诗。吟出那些诗篇的人们，他们曾经真实地活着，看山就是山，看水就是水，看美女就是美女，看了美女睡不着也不会说是心忧天下……"

"出其东门，有女如云""出其闉阇，有女如荼"，写出了诗中男子突见众多美女时的惊讶和赞叹。"如云"状貌众女之体态轻盈，在飞彩流丹中，愈显得衣饰鲜丽、缤纷耀眼；"如荼"表现众女之青春美好，恰似菅茅之花盛开，愈见得笑靥灿然、生气蓬勃。在迈出城门的刹那间，此诗的主人公也被这"如云""如荼"的美女吸引了，所谓爱美之心人皆有之，这种表达坦率又真诚。倘若假装没看见，"我才不会对那些大长腿动心呢"，似乎也不符合人性。人性和爱情的高贵就在于"虽则如云，匪我思存""虽则如荼，匪我思且"——虽然美女如云，但我的心思真的没有在她们身上,她们都比不上我的心上人。她虽然穿着朴素,她虽然远不如城门外的美女们花枝招展,但我爱她,我也以此生有她而足为乐矣!两个"虽则……匪我……"的转折,凸显了主人公对心上人的情有独钟。

但我觉得,主人公那幸运的恋人未必真的存在,"缟衣綦巾,聊乐我员""缟衣茹藘,聊可与娱"只是他的爱情理想,于姹紫嫣红中他在静觅一枝独属于他的空谷幽兰。"缟衣茹藘",均为"女服之贫贱者"(朱熹),后世强调与"缟衣綦巾"的贫贱之恋获得了超越俗世的价值,那盛装华服的众女,在"缟衣綦巾"心上人的对照下全都黯然失色了。其实可贵的并非爱的对象是否身着华服或布衣,可贵的是男子"一片冰心在玉壶"。

《红楼梦》第九十一回"布疑阵宝玉妄谈禅"一节,说此刻贾府的主子们从老太太到贾政、王夫人,再到王熙凤等,对宝玉的婚姻已经统一了看法,即薛宝钗为最佳人选,并正式地说与薛姨妈。宝玉和黛玉似乎感觉出气氛的异样,陷入迷茫。为相互测试对方的心境,宝、黛二人盘腿打坐,模仿佛家参禅的形式以机锋表达自己对爱的忠贞不渝。首先由黛玉发问:"宝姐姐和你好你怎么样?宝姐姐不和你好你怎么样?宝姐姐前儿和你好,如今不和你好你怎么样?今儿和你好,后来不和你好你怎么样?你和她好她偏不和你好你怎么样?你不和她好她偏和你好你怎么样?"宝玉呆了半晌,忽然大笑道:"任凭弱水三千,我只取一瓢饮。"宝玉用此典来回答黛玉的发问,就是告诉黛玉,宝钗的好与不好皆与我无关,姐姐妹妹虽多,而我心中只有你一个人。黛玉深知宝玉禀性,怀疑他能否实践自己的诺言,于是继续发问:"瓢之漂水,奈何?""水止珠沉,奈何?"宝玉坚定地答曰:"禅心已作沾泥絮,莫向春风舞鹧鸪。"

"禅心已作沾泥絮,不逐春风上下狂",是苏东坡的好友道潜禅师的诗,意思是我清静寂定的心境已经像沾泥的柳絮一般,不再随着春风上上下下地飘飞狂舞了。这里"不逐春风上下狂",是道潜以柳絮沾泥为喻,表示自己清静寂定的心境,已经不会因外界因素扰动而难安了。黛玉的问句意谓"我死了,你怎么办",宝玉答句的上句即出自道潜的这首诗,下句则出自郑谷《席上贻歌者》"坐中亦有江南客,莫向春风唱鹧鸪",意谓"我决心去做和尚,不再想家了"。

"任凭弱水三千,我只取一瓢饮",后成为男女之间信誓旦旦的爱情表白。大师钱锺书也曾对杨绛先生有过一段著名的表白:"没遇到你之前,我没想过结婚,遇见你,结婚这事我没想过和别人。"这都是在强调"非如此不可"。

晚唐诗人韩偓写过一首诗《别绪》,很受顾随先生推崇:"韩偓《香奁集》颇有轻薄作品,不必学之……然其《别绪》中间四句真好:'菊露凄罗幕,梨霜恻锦衾。此生终独宿,到死誓相寻。'中国诗写爱,多是对过去的留恋。写对未来的爱,对未来爱的奋斗,是西洋人。中国亦非绝对没有。'十岁裁诗走马成'的韩偓此诗所写即是对将来爱的追求。"

这首《别绪》全诗是:

> 别绪静愔愔,牵愁暗入心。
> 已回花渚棹,悔听酒垆琴。
> 菊露凄罗幕,梨霜恻锦衾。
> 此生终独宿,到死誓相寻。
> 月好知何计,歌阑叹不禁。
> 山巅更高处,忆上上头吟。

作家潘向黎称赞韩偓"这样的人,那稀世之璧,已经在他怀中。这样的人，一生最光荣的战役，已经赢了"。谈到对未来爱的追求，我更多想到的便是"虽则如云，匪我思存。缟衣綦巾，聊乐我员"。同样都是不能忘却心中所爱的人，不愿放弃自己对爱情的理想，"此生终独宿，到死誓相寻"这几句写得铿锵有力，有诗人的发痴与发狠，有爱情赌徒般的豪情壮志。誓言的力量固然让人敬畏，但平朴温雅中萌生的坚定的爱情理想更让人心向往之。"缟衣綦巾，聊乐我员""缟衣茹藘，聊可与娱"，虽不是誓言，但胜过誓言，是爱情最朴素的表白，也是爱情理想。拥有这种爱情理想的人，始终能在爱情中保持必要的理性。如果有人对我说"此生终独宿，到死誓相寻"，说实话，我不是感动，而是害怕，我不怀疑诗人的真情，但是支撑日常生活的更多是细水长流般的接纳与懂得，同时保留自己复杂的孤独。

张岱曾在《陶庵梦忆》中写过明末一位女伶朱楚生："色不甚美，虽绝世佳人无其风韵，楚楚谡谡，其孤意在眉，其深情在睫，其解意在烟视媚行。"孤意与深情，看似矛盾，却微妙地结合在一起。愚以为，"孤意"与"深情"，也几乎很好地诠释了《诗经》中的情感。"虽则如云，匪我思存"是深情，而"缟衣綦巾，聊乐我员"则是孤意。感情中没有永远单一的相思与爱恋，也没有永久的欢欣与忧愁，所以，孤意与深情，映射的是情感中多元的深邃的部分，这是艺术必要的一种矛盾，是情感必经的矛盾，更是生而为人的矛盾。

上文提到《诗经》中的另外一首《邶风·匏有苦叶》也表达了与《出其东门》类似的情感，这两首诗总体都是明亮的坦荡的，人生的判断和趣味，往往出现在各种各样不足为外人道的小默契和小秘密中，在这之间的来与不来、见与不见，甚至爱与不爱都不是什么苦大仇深的事情。

出现于《郑风》中的"东门"，在今河南新郑，是市民及手工业作坊集聚的东郭的正门，可谓熙熙攘攘，此繁华市井更适宜上演"众里寻他千百度,蓦然回首,那人却在灯火阑珊处"。

  我所生活的古城长安以钟楼为中心,东南西北四个方位各有一座城门。东门名为"长乐",建于明代,"长乐"二字寓意大明江山长久欢乐,万年不衰。这里同样是人声鼎沸之地,每次经过的时候,我都会想起两千多年前这位男子的吟哦:"出其东门,有女如云。虽则如云,匪我思存。"愿时间没有辜负他的等待。他的孤意与深情,长乐与长哀都是一生最光荣的战役。

激流勇进与对酒当歌

——蟋蟀在堂，岁聿其莫

蟋蟀在堂，岁聿其莫。今我不乐，日月其除。
无已大康，职思其居。好乐无荒，良士瞿瞿。
蟋蟀在堂，岁聿其逝。今我不乐，日月其迈。
无已大康，职思其外。好乐无荒，良士蹶蹶。
蟋蟀在堂，役车其休。今我不乐，日月其慆。
无已大康，职思其忧。好乐无荒，良士休休。

《唐风·蟋蟀》

大意：

天寒蟋蟀进堂屋，一年匆匆临岁暮。今不及时寻乐，日月如梭留不住。

行乐不可太过度，本职事情莫耽误。正业不废又娱乐，贤良之士多警悟。

天寒蟋蟀进堂屋，一年匆匆临岁暮。今不及时寻乐，日月如梭停不住。

行乐不可太过度，分外之事也不误。正业不废又娱乐，贤良之士敏事务。

天寒蟋蟀进堂屋，行役车辆也息休。今不及时寻乐，日月如梭不停留。

行乐不可太过度，还有国事让人忧。正业不废又娱乐，贤良之士乐悠悠。

《蟋蟀》一诗格调忧郁悲凉，作者既有人生易老，要及时行乐的思想，也有行乐有度，要做贤士的志向。这首诗反映了唐地的风情。由于周朝时晋国始封地位于"唐尧故地"，初始国君称唐叔虞，故在当时晋国也被称为唐国，十五国风中"唐风"指《诗经》中晋国之诗文，同时指有唐尧遗风或者是唐国风格的诗文。《毛诗序》说："《蟋蟀》，刺晋僖公也。俭不中礼，故作是诗以闵之，欲其及时以礼自娱乐也。此晋也，而谓之唐，本其风俗，忧深思远，俭而用礼，乃有尧之遗风焉。"

首句就感慨："蟋蟀在堂屋，一年快要过完了。"接下来说贤者要懂得约束，"好乐无荒，良士瞿瞿"。"瞿瞿"指警惕瞻顾貌，有收敛之意。

诗篇表达了农耕文明生活所造就的特有的中道观念，劝人勤勉的意思非常明显。《孔子诗论》第二十七简谓"《蟋蟀》知难"。"知难"就是知后难，也就是《荀子》所说的"长顾后虑"，只有"知难"，才懂得把握生活奢俭的分寸。所以诗一方面说光阴荏苒，要及时行乐，不享乐则生活无味；另一方面又告诫说行乐之时还要想到平时，有节制的享受才是中道，才是"良士"所取的法则。这里的行乐丝毫没有放纵之意，而是带着清醒的克制，生有涯而思无涯，要审时度势也要量入为出。内心时时警醒，倒表现了比较典型的中国古代士大夫品格。

这首诗是有人生的大智慧在里面的，《蟋蟀》以诗的语言讲出了"生于忧患，死于安乐"的道理。本诗的基调中正平和，既不高调也不消沉，从生命的常态里总结出生存的哲理。最难能可贵的是此诗体现出来的生命意识的萌发，在诗中对生命有限性的感叹和对实现个人价值的渴望，开启了中国文学的生命意识传统，具有重要意义。《蟋蟀》一诗所表达的对待生活的态度，向来为人们所称许，并以之为警诫。《左传·襄公二十七年》载：郑伯享晋国大臣赵文子于垂陇，郑国大夫们赋诗，其中印段赋了《蟋蟀》一诗。赵文子听后赞叹道："真是好啊。印段可谓保家之主啊。我在你身上看到了希望。"赵文子通过印段赋《蟋蟀》，断定印段家族将来会兴盛很久。

　　古代皇帝常常欲乐无度，上有所好，下必甚焉，风俗容易坏堕。这时，《蟋蟀》便可成为温婉的谏言。直到清代，康熙皇帝的《圣祖仁皇帝庭训格言》中也还引《蟋蟀》一诗作为对儿孙的训诫。"天下宁有不好逸乐者？但逸乐过节则不可。故君子者，勤修不敢惰，制欲不敢纵，节乐不敢极，惜福不敢侈，守分不敢僭，是以身安而泽长也。《书》曰：'君子所其无逸。'诗曰：'好乐无荒，良士瞿瞿。'至哉，斯言乎！"乾隆皇帝也写了一首诗，发扬《蟋蟀》之意说："唐风读罢岁云休，好乐无荒共酢酬。腊鼓喧鸣春草发，分阴谁惜白驹流？"足见《蟋蟀》一诗影响之大。

　　不管是古代还是今天，人们都希望过得祥和快乐，如何调节身心平衡便是人生的大智慧。人生中最吊诡的是时间，最可怕的也是时间。一方面是前人的谆谆教诲如"逝者如斯夫"，或"盛年不重来，一日难再晨"（陶渊明《杂诗》），或"花开堪折直须折，莫待无花空折枝"（杜秋娘《金缕衣》），又有诗仙吟道"君不见高堂明镜悲白发，朝如青丝暮成雪"（李白《将进酒》）。另一方面又自我宽慰"行乐直须年少，尊前看取衰翁"（欧阳修《朝中措》），"百岁光阴一梦蝶，重回首往事堪嗟"（马致远《夜行船》）。这两种人生态度其实并不矛盾，人生需要激进的奋斗，也需要舒缓和停顿。国风时代的人们已经提出了一个最适宜的活法，既要保证人生有享受的快乐，又不能因此而荒废了事业。《蟋蟀》的生活智慧在今天依然值得借鉴。

　　蟋蟀作为秋虫的代表，从国风时代就进入了文人的视野，并且一度作为重要的物候特征而被记入史册。唐宋时期的文人墨客不仅用蟋蟀来抒发悲秋之情、离愁别绪、空闺幽怨，还将蟋蟀看作谴责时弊的工具，元、明之际更是被用来讥刺社会,表达对普通劳动者的同情与尊重。这说明以蟋蟀为代表的"昆虫文学"逐步有了自己的认知模式,不再仅仅依靠外表、声音、姿态来对四时之景锦上添花,而是有了文学书写的灵魂表达,能让人通过它们联想到更加深远的意义,这是昆虫意象发展阶段的重要突破。

后来的咏虫诗中,有不少吟咏蟋蟀的,如晋代卢谌的《蟋蟀赋》:"何兹虫之资生,亦灵和之攸授。享神气之么魗,体含容之微陋。"唐代张随有《蟋蟀鸣西堂赋》:"若夫八月在宇,三秋及门,清韵昼动,哀音夜繁。"更有明代文学家陆可教因"夜读书,闻蟋蟀吟砌间甚悲,感微物之无情,惊四序之如逝",而写下《蟋蟀赋》。王醇的《促织》诗写小儿夜捉蟋蟀的稚态:"风露渐凄紧,家家促织声。墙根童夜伏,草际火低明。"古代文人喜爱蟋蟀,总结出它有"五德":"鸣不失时,信也;遇敌即斗,勇也;重伤不降,忠也;败则哀鸣,知耻也;寒则进屋,识时务也。""知耻"与"识时务"显然已抵达哲学认知层面。

看见自己独自面对无穷
——所谓伊人,在水一方

蒹葭苍苍,白露为霜。所谓伊人,在水一方。
溯洄从之,道阻且长。溯游从之,宛在水中央。
蒹葭凄凄,白露未晞。所谓伊人,在水之湄。
溯洄从之,道阻且跻。溯游从之,宛在水中坻。
蒹葭采采,白露未已。所谓伊人,在水之涘。
溯洄从之,道阻且右。溯游从之,宛在水中沚。

《秦风·蒹葭》

大意:

河畔芦苇青苍苍,秋深白露结成霜。我所思念的人,就在河水那一方。

逆着流水沿岸寻,道路险阻而漫长。顺着流水沿岸寻,仿佛在那水中央。

河畔芦苇密又繁,太阳初升露未干。我所思念的人,就在河岸那一边。

逆着流水沿岸寻,道路险阻攀登难。顺着流水沿岸寻,仿佛就在水中滩。

河畔芦苇密又稠,早晨露水未干透。我所思念的人,就在水的那一头。

逆着流水沿岸寻,道路险阻曲难求。顺着流水沿岸寻,仿佛就在水中洲。

读《蒹葭》，仿佛一幅中国山水画呈现于眼前。"蒹葭"二字，读出声来唇齿间便能感觉到音符跳动的魅力，字形、字音、字义皆美。诗以"蒹葭"和"白露"起兴，营造了苍茫、邈远、朦胧的意境。苍郁茂盛的芦苇在深秋的风中摇曳着冷寂与思念，晶莹的露珠都凝结成白霜，而"我"思慕的那个人啊，正在河水的那一岸……凄清而略显晦暗的抒情环境顿时构筑而成。从下文看，"伊人"并不是一个确定性的存在，诗人根本就不明了伊人的居处，伊人是否迁徙无定，也无从知晓。这种也许是毫无希望但却充满诱惑的追寻在诗人脚下和笔下展开。无论是"溯洄"还是"溯游"，都不过是反复追寻的艰难和渺茫的象征。诗人上下求索，而伊人虽隐约可见却遥不可及，诗人并未真正碰触到伊人的身影，"所谓伊人，在水一方"，只是一个人面对浩渺无边的芦苇丛而寄托的满腔情愫。"在水一方"为企慕的象征，钱锺书先生《管锥编》已申说甚详。

《蒹葭》一诗情景交融，诗中有画。每章头两句以秋景起兴，引起正文。诗中描绘的苍苍芦苇、重重霜露，还有岸畔道路、水中沙洲，以及伊人宛在、望穿秋水等，构成了一幅浩渺迷茫而又色彩斑斓的画卷。此诗的画面又动静结合，描摹传神。诗中景物如蒹葭等是静态描写，诗人忽上忽下地寻求伊人、伊人忽隐忽现等又是动态描写。这样动静结合，铿锵优美，使诗歌本身就具有一种音乐的意境。

王国维《人间词话》对此诗评价颇高："《蒹葭》一篇最得风人深致。晏同叔之'昨夜西风凋碧树，独上高楼，望尽天涯路'意颇近之。但一洒落，一悲壮耳。"《毛诗序》云："蒹葭，刺襄公也。未能用周礼，将无以固其国焉。"

《诗经》的历代注家往往是求之愈深，却得到失之愈远的结果。诗之"空白"留给人很多阐释的可能，然而，若不能用与诗人同样的赤诚打量，所解之意也是苍白乏味的。《诗经》的总体风貌是自由与开放的吟唱，特别是国风，其率真与炽烈的情感表达，正如人类无拘无束的童年。到了大雅和颂则愈来愈趋向于秩序和规范，主题较多转向社会政治和道德层面，庙堂气加重；文辞明显有了书面感，意境的开阔性和语言的多义性、音乐性明显减弱。诚然，《诗经》在中国文化史上起到的礼乐教化功能毋庸置疑，但其之所以对后世产生巨大的影响，更因其"风雅"，它展现的是生命百态、生活琐碎，世间万事万物皆可入诗，充满了人间烟火气。

木心在《文学回忆录》里曾说道："如果中国有宏伟的史诗，好到可比希腊史诗，但不能有中国的三百零五首古代抒情诗，怎么选择呢？我宁可要那三百零五首《诗经》抒情诗。"深以为然，我也宁可要那三百零五首。

东周时的秦地大致相当于今天的陕西大部及甘肃东部。其地"迫近戎狄"，这样的环境迫使秦人"修习战备，高尚气力"，而他们的情感也是激昂粗豪的。保存在《秦风》里的十首诗多写征战猎伐、痛悼讽劝一类的事，似《蒹葭》《晨风》这种凄婉缠绵的情致更像郑、卫之音。

诗的意境很美很梦幻，但细品会发觉，不知道作者到底在说什么。伊人是真实的存在吗？不见得。爱情，理想，还是别的什么非常美好却难以企及的东西？也不清楚究竟是写一场梦境，还是纯粹的幻觉。全诗空灵虚渺，情感缠绵悠长又略带凄婉，意念执着真切又满含惆怅。一首诗最迷人的地方在于它未说出的部分，《蒹葭》无疑做到了，人们只能用心领会，这首诗几乎开了"朦胧诗"的先河。

这首诗的情绪表面波澜不惊，实则暗涌激进。先看"白露为霜""白露未晞"和"白露未已"，"白露为霜"是太阳还没出来，芦苇上结满了白霜；"白露未晞"是太阳刚刚升起，严霜开始化为露珠；"白露未已"

是太阳渐渐高抬，露水不停向下滴沥。时间在不断前进。还有"道阻且长""道阻且跻"和"道阻且右"，从路途的远，到路途的险，再到路途的迂曲不可辨，难度在不断加大。所以这三章是层层推进的，并不是简单的重复。

《蒹葭》所描述的情景似曾相识，它与《关雎》的背景接近，与《汉广》的情志相通。《关雎》中用了"兴"的修辞手法，在这里，"蒹葭苍苍，白露为霜"看似也是"兴"，其实更靠近"赋"。赋，就是平铺直叙，客观描写相关的情景或事件。在本诗中，"蒹葭苍苍，白露为霜"是后面的事件发生的场景，是一体的，所以是赋，而不是兴。兴与赋，有"隔"与"不隔"的区别。当然，"蒹葭苍苍，白露为霜"除了状物写景外，还渲染了气氛，烘托了诗中人物的情感，属于寓情于景。此诗还有一个特点，就是叠字的多次使用，有"苍苍""萋萋""采采"。大量使用叠字，也是《诗经》的一大特色。叠字可以增添音乐美，提高表现力，试想如果把"蒹葭苍苍"改成"蒹葭茂盛"，把"蒹葭采采"换成"蒹葭茂密"，还会唤起诗意吗？

《汉广》也写爱而不得，《汉广》面对距离时的感情，表达出面对未知的敬畏与人类本能的谦卑。"不可方思""不可求思"也非绝望之语，而是深情流连。《蒹葭》则更有哲学意味，可谓"诗人之诗"。

《湘夫人》中的一段"帝子降兮北渚，目眇眇兮愁予。袅袅兮秋风，洞庭波兮木叶下"与"在水一方"的情怀相近，主要是描写相恋者生死契阔、会合无缘。作品始终以候人不来为线索，在怅惘中向对方表示深长的幽怨，但彼此之间的爱情始终不渝则是一致的。全诗由男神的扮演者演唱，表达了赴约的湘君来到约会地北渚，却不见湘夫人而产生的惆怅和迷惘。从情感的结构角度看，《湘夫人》是以"召唤方式"呼应"期待视野"。《湘夫人》既然是迎神曲，必然以召唤的方式祈求神灵降临。

全诗以召唤湘夫人到来作为出发点，期待的心理贯穿其中。诗的前半段主要写湘君思念湘夫人时那种望而不见、遇而无缘的期待心情；中间经历了忧伤、懊丧、追悔、恍惚等情感波动，这些都是因期待落空而产生的情绪波动；诗的后半段是写湘君得知湘夫人应约即将到来的消息后，喜出望外，在有缘相见而又未相见的期待心情中忙碌着新婚前的准备事宜；诗的末尾，湘夫人姗姗来迟，召唤的目的达到，使前面一系列期待性的描写与此呼应。实际上，后面的描写不过是湘君的幻想境界。出现这种幻象境界，也是期待心切的缘故。整首诗对期待过程的描写，有开端，有矛盾，有发展，有高潮，有低潮，有平息。

在电影《最好的时光》中，侯孝贤表达"最好的时光（或最好的电影时光）是哪一段并无太大意义，因为所有的时光都是被辜负被浪费的，也只有在辜负浪费之后，才能从记忆里将某一段拎出，拍拍上面沉积的灰尘，感叹它是最好的时光"。

朱天文在剧本中写道：

是夜，艺旦终于问男子，她的未来终身毕竟如何打算，男子沉吟无言以对……艺旦手抱琵琶吟唱，哀婉动人，众人皆听得如醉如痴。唯男子明白艺旦之悱恻，而自己之辜负。

……蝉声已是秋天的蝉，艺旦接到男子来信，最后引用梁氏游马关的诗云：明知此是伤心地，亦到维舟首重回。十七年中多少事，春帆楼下晚涛哀。

诗讲的是《马关条约》割台耻辱，但也像男子对她的私情。蝉树白云，新来的小女孩在习南管，把呜咽忧怀的南管唱得好嘹亮，不知愁的小女孩，叫艺旦流下了眼泪。

唯梁启超先生马首是瞻的青年，偶遇唱南管之艺妓，引为知己。不管世事如何，总是记得来此听一曲住一宿。听闻她那"小妹"已有身孕，慷慨解囊助她赎身嫁入小康之家为妾。他日，小妹回"娘家"前来拜恩公，却是命运之讥讽。

错错错。一错，他向来反对蓄妓，却愿成人之美。二错，他自己永不会纳妾。三错，她成全了别人的自由，自己却要永留勾栏之院，再无尘埃落定之日。

他怀抱家国自由之梦，她怀抱得遇良人自由之梦，不过都是空嗟叹。明知此是伤心地，不一样的月光，一样的凉薄。吕思勉先生说，于历史而言，常人常事是风化，特殊人所做的事是山崩。依此概念，红颜知己于男人是锦上添花、命运之潮汐风化；芳心错付对女人却是寄托之山崩、容颜之一去不复返。

所谓最好的时光，永无可能对等公平，只存在于每个人心中最隐秘的地带。或许，连我们自身也无从知道何时何地是最好的时光。但于大多数人而言，难以完满的旧梦总容易显得更好。就像"所谓伊人，在水一方"，就像侯孝贤拍人生旧梦。

那些未完成的时光之诗，最终的启示都是教人如何在苍穹中自处。"伊人"是这苍茫尘世间的灯塔，即便发出的只是微光，却总能让人有勇气独自面对无穷。

花椒有味亦有情
——视尔如荍，贻我握椒

东门之枌，宛丘之栩。子仲之子，婆娑其下。
穀旦于差，南方之原。不绩其麻，市也婆娑。
穀旦于逝，越以鬷迈。视尔如荍，贻我握椒。
——《陈风·东门之枌》

大意：
东门之外白榆成荫，宛丘之上柞树繁茂。子仲家的姑娘，在树下翩翩起舞。
挑选一个好日子，一起到城南的广场上。漂亮姑娘放下绩麻的活计，在集市上欢欣舞蹈。
好日子就在今朝，大伙儿排队齐前往。看你笑脸好像锦葵花，赠我一捧芳香的花椒。

去参观司马迁祠时，顺便逛了一下历史悠久的韩城古城。韩城古城南临濛水，西依梁山，东北有塬，山水环抱。韩城古城从唐武德八年（625）设韩城县治始，至今已有近一千四百年的历史。城内保存着大量的古建筑及一大批有历史价值的古民居和店铺。建有县署、谯楼、尊经阁、龙门书院、城隍庙、庆善寺、五楼五营、圆觉寺、乐楼以及大小庙宇数十座。琉璃彩饰，金碧辉煌，重檐叠屋，结构严谨，古城建筑格局与传统风貌保存完好。

值得一提的是大街上四溢飘香的花椒味儿和琳琅满目的花椒产品，有花椒饼、花椒啤酒、花椒精油、花椒皂、花椒芽菜、花椒酸奶等，我跟友人笑曰："就差研发出花椒香水了。"

历史悠久的韩城花椒，距今已有六百多年的栽培历史。明万历三十五年（1607）《韩城县志》论土产中就有"境内所饶者，惟麻焉、木棉焉、椒焉、柿焉、核桃焉"的描述。清康熙四十二年（1703）《韩城县续志》也有"西北山椒，迤逦溪涧，各原野村墅俱树之，种不一，有大红袍……远发江淮"的描述。韩城大红袍以"粒大肉丰、色泽鲜艳、香气浓郁、麻味醇正"而闻名天下。我头一次喝到花椒酸奶，前所未有的奇异美味沁人心脾，至今难忘。再读到《诗经》里写花椒的诗句"视尔如荍，贻我握椒"（像锦葵花一样美丽的你呀，把你手里的花椒送给我吧），仿佛又嗅到了花椒香味，"椒之实芬香，故以相遗"（孔颖达《五经正义》）。对，就是这么香呀！

在胡椒和辣椒之前，中国人最常使用的三大辛香调料是花椒、茱萸和姜，这三样被称为"三香"。巴蜀人便利用这三种调料，形成了他们最初的味觉系统。如今大家对重庆火锅都十分痴迷，其鲜艳的色泽和过瘾的辣味自然来自辣椒，而醇厚浓郁的味道则来自花椒。不像胡椒和辣椒源于西域或海外，花椒土生土长在巴蜀秦陇的大山之中，自古以来就是中国不可缺少的辛辣香料。关于花椒最早的文献记载出现在《尔雅》上，被称为"檓"或"大椒"。上古民众初次接触花椒，一定觉得这种满身是刺的树结出的果实味道奇特，所以才会对花椒怀有敬畏之情。

　　但是花椒一开始并不是摆在餐桌上的，而是摆在敬神的供桌上。香味在我国古代是颇受重视的，古人认为香气是给神灵最好的礼物。花椒同兰花、桂皮一样被视为重要的香料。在《楚辞》中就有这样的记载："椒，香物，所以降神。"西周时代，祭祀中使用椒已是普遍现象。《周颂·载芟》记载了周朝丰收之后，在祭祀祈福的时候说道："有飶其香，邦家之光。有椒其馨，胡考之宁。"在贡桌上摆上花椒来祈求家族安宁，风调雨顺。

　　上古和先秦人民已经懂得花椒入药，成书于秦汉的中国第一部医药典籍《神农本草经》中就指出花椒具有"坚齿发""耐老""增年"的作用。汉代名医张仲景在其著作《金匮要略》中也讨论了花椒能治寒痛和饮食不振。从汉代开始，人们对花椒的医药作用有了明确的认知。南北朝之后，我国大部分医药典籍中都有花椒的身影，在民间广为应用。

　　这首《东门之枌》是一首描写男女爱情的情歌，它反映了陈国当时尚存的一种社会风俗，此诗中花椒则是男女相悦的定情之物。

　　"东门"，指陈国的城门。"枌"，木名，白榆。"子仲"是姓氏。"婆娑"指跳舞时旋转摇摆的样子，形容姿态优美。值得注意的是，婆娑，不同于"娑婆世界"中的"娑婆"，根据佛教的说法，人们所在的大千世界被称为"娑婆世界"。"穀旦"，即吉日，好日子。"荍"，锦葵，草本植物，夏季开紫色或白色花。"贻"，赠送。"握"，一把。"椒"，花椒。

　　此诗是以小伙子为第一人称的口吻写的，开篇就交代了男女欢聚的场所：陈国的郊野有一大片宽阔的土地，那里种着密密的白榆、柞树。

这既是地点实写,也是交代春天胜景。在这样风和日丽的季节,子仲家姣好的少女跳着飘逸优美的舞蹈。春天来了,少男少女的春天来了,他们以曼妙的舞姿吸引着对方多情的目光。

这首诗写得很美。在城东门外的白榆树下,在宛丘的栩树林边,小伙姑娘去那里幽会谈情,姑娘舞姿翩翩,小伙情歌婉转,甜蜜的爱情之花含苞待放。在小伙眼睛里,姑娘美如锦葵花;在姑娘心目中,小伙是她的希望和理想,要送他一束花椒以表白感情。

"穀旦"这样的良辰吉日是祭祀狂欢日。上古的祭祀狂欢日有多种,比如,农耕社会中作为时历标准并祈祷丰收的火把节、腊日节等远古年节,祭祀生殖神并乞求部族繁衍旺盛的上巳节等。不同主题的祭祀狂欢日有不同的祭祀和狂欢内容,比如,驱傩、寒食、男女短期的性开放等。据朱熹《诗集传》,陈国"好乐巫觋歌舞之事",陈国的古风可以说是保存得比较好的。

在《唐风·椒聊》中,有"椒聊之实,蕃衍盈升"之句,花椒由于籽多,由此借喻妇女多子。宫廷历史剧中,我们经常听到皇后住的地方叫椒房殿或者叫椒宫,也是取其多子多福之意。据说,赵飞燕嫁给皇帝后久久未能怀孕,于是汉成帝命令工匠把赵飞燕寝宫的墙壁上都涂满了花椒,赵飞燕最终顺利产子,而她居住的宫殿就被称为椒宫。

《楚辞》中也多处提到花椒,屈原在《九歌·东皇太一》中写道:"蕙肴蒸兮兰藉,奠桂酒兮椒浆。"是指用最好的祭品来敬事天神,蕙、兰、桂、椒,是屈原诗歌中常用的香草,具有高洁的象征意义。这一点在长沙马王堆一号汉墓出土文物中得到了验证,在发现的四个香囊和六个绢袋内,就盛放着辛夷、肉桂、花椒、兰花等芳香植物。除此之外,楚国人还发明了两种影响深远的花椒用法:一是以花椒入酒,开椒酒之风,椒酒作为芳洁之祭品,以表供奉者之恭敬真诚;一是将花椒拌泥涂在墙壁上,以求辟除邪气。

曹植的《洛神赋》里，美丽的洛神也曾走过飘着浓郁花椒香气的路径，带起杜衡草丛一阵流动的芬芳："践椒涂之郁烈，步蘅薄而流芳。"唐代元稹的诗句"闻尔鼙鼓之音，怀尔椒兰之德"（《授牛元翼深冀州节度使制》），用"椒兰之德"比喻美好的德行。

花椒是可以烹饪、泡酒的香料，是和泥砌墙的香料，是美人折取表达自己胸怀的香木，是房前屋后种植以示美德的芳木，是我自芳香却招人嫉恨的美木。一棵小小的花椒树在中国古典诗词中被演绎得气象万千、芳香馥郁。

《诗经》婚恋诗中描述了不少馈赠之物，馈赠的物品包含女赠男的花草蔬果类和男赠女的猎物与玉类。这些馈赠之物也有其特殊的内涵意义。比如提到"玉"的诗句：

他山之石，可以攻玉。（《鹤鸣》）
生刍一束，其人如玉。毋金玉尔音，而有遐心。（《白驹》）
载衣之裳，载弄之璋。（《斯干》）
鞙鞙佩璲，不以其长。（《小东》）
君子至止，韠琫有珌。（《瞻彼洛矣》）

这与先秦时代的社会分工和玉文化的盛行有密切联系，此外"润泽以温"的君子品德也与玉密不可分。西周先民生活中，狩猎意义重大，因此《诗经》中男子送猎物给心爱的女子来表达爱意也是很正常的。"野有死麕，白茅包之"，男青年自己猎到的獐，搁在今天就是攒工资给你买的最新款iPhone和卡地亚，价值很高呀。

而女子向自己喜欢的男子投掷瓜果传情，主要有两个原因：一是女子主采集，因此可以将采摘所得的新鲜花草、瓜果第一时间分享给爱人；另外，古代婚姻的目的之一是"合两姓之好"，生殖繁衍是其很重要的意义。《诗经》中不少篇幅都表达了对多子多孙的赞赏。如《大雅·绵》中"绵绵瓜瓞，民之初生，自土沮漆"。

不管是男子对女子的馈赠还是女子对男子的馈赠，这些诗篇都表现了当时青年男女心中的深情与爱意。在这些意蕴悠扬的诗句中，最打动我的依然是这句"视尔如荍，贻我握椒"，可能因为椒香实在太迷人了吧，估计还是吃货的缘故，正宗川味火锅底料就比香奈儿唇膏更吸引我。贻我握椒，手留余香。礼物只是互生情愫的人之间的一种心意表达，无关贵重与否，在今天，这种仪式已经被简化为微信红包，不知道隔着手机屏幕，我们还能不能闻到那远古的馨香？

我们接受的那些关乎爱的赐予，又何尝不是对自己的某种考验。你有多大能量与运气接纳馈赠，又该如何"投桃报李"呢？

诗经中的植物

不读《诗经》，不知花草情。先民喜欢用草木来表达深沉而含蓄的感情，夫子说"多识于鸟兽草木之名"，意思是从《诗经》中，还可以获得有关鸟兽草木等大量的自然知识。《诗经》也是研究植物文化起源的瑰宝，《诗经》里出现了一百五十二种野生植物，草木有本心也有诗心，这些植物拥有独特而丰富的精神内涵。

有幸得赠的插图版《本草纲目》，闲时在其中一一找出《诗经》中的植物，颇为有趣。比如，《本草纲目》中李时珍从文字学和文学的角度告诉我们："萱本作谖。谖，忘也。《诗》云：焉得谖草？言树之背。谓忧思不能自遣，故欲树此草，玩味以忘忧也。吴人谓之疗愁。"又如"桃"字有"木"有"兆"，"十亿曰兆，言其多也"。即桃之得名，乃是因为花多果多。从此看见"桃"字，有人会在这个汉字里看见一树花开吧。习以为常的一棵草一棵树的名字，李时珍讲出了那么多学问和故事，而我们早就习惯了知其然不知其所以然。和草木亲密接触、信仰草木与人有着某种神秘联系，这曾是中国人生活史和精神史的一部分。正是日渐消失的这部分，住着诗意栖居的灵魂。

我想，若有一天零落荒野，携一卷《诗经》也能活下去。若再奢侈一点，容我多带一本书，那无疑便是《本草纲目》了。植物作为一种文化载体，被赋予了情感，与社会、人生紧密相连，变得鲜活生动。研究草木诗心，有这两本书足矣。在生活中我们何尝不需要有一颗植物心，到了某个年纪，人会学着放下外界的浮华，也明白了真正带给人滋养的是历经岁月沉淀后的有趣的灵魂。就像诗中的植物，外表拙朴却心怀宝藏，有极高的药用价值。过安宁的日子，与草木相亲，便是好光阴。

中国的伦理道德是中国传统文化的核心内容。早在原始社会，人们就有了朴素的道德观念。这种道德观念随着社会的不断发展进步也逐渐得到完善，到西周时期已经有了"以德配天""敬德保民""以德化民"等观念。人们认识到道德情操的重要作用，憧憬、追求高尚的道德审美。而植物扎根沃土，接受自然赐予的风、霜、雨、露，吸取天地之间的精华。植物的枝繁叶茂、四季常青展现出一种健康长寿、兴旺发达的蓬勃生机，使得人们既羡慕又敬畏。因此，在《诗经》中常常有用植物比兴人物品德的场景，将植物赋予人格精神和道德内涵，从而对人物和事件进行褒贬评说。《诗经》中将植物分为嘉树和恶草。所谓嘉树，就是美树、佳树，或是形态，或是气质符合当时人们的审美，如松柏、梧桐、青竹、栗树等，是高尚情操的象征。所谓恶草，就是杂草，形态一般杂乱无章，于人类无益，如稂、莠、蒺藜、飞蓬等，通常用来比喻平庸、道德败坏的人。

在我国古代，由于社会生产力水平低下，人们相信超自然能力的存在，认为自然物和自然力具有独立的生命、意志和能力。而植物可以作为沟通超自然与人类的渠道。人们通过一定的仪式，向天神、地祇、祖先致敬和献礼，从而祈求他们的荫庇和保佑。人们十分重视这一活动，并制定了一系列烦冗而完整的礼节。在先秦时代，祭祀的地点比较简单，通常在水边、树林，到后来又建造了祭坛、庙宇等专门用来祭祀的地方。在祭祀中，人们通过献奉食物来表示对神灵的敬畏和归顺，而一些植物被认为是圣洁美丽的，可以成为人与神灵之间沟通的桥梁，因此常常用于祭祀。《礼记·礼运》中就有这样的记载："夫礼之初，始诸饮食。其燔黍捭豚，污尊而抔饮，蒉桴而土鼓，犹可以致其敬于鬼神。"荇菜、莼菜、水藻、白茅、艾蒿、花椒等植物都被认为可以通鬼神。

除了对于道德情操的追求和祭祀神灵的宗教需求，人们在诗歌的创作中，以植物起兴婚恋的内容最为普遍。婚恋是人类生活亘古不变常谈常青的主题，植物因其独有的象征意蕴，自人类爱情诞生之日起，便早早就进入了情人眼里，成为艺术创作灵感的源泉。人们的悲欢离合、喜怒哀乐，都在这种特殊的情感中最大限度地激化、放大。在《诗经》中，诗人借助植物通过多种多样的形式来表达这一亘古不变的婚恋主题。人们相互馈赠花果来表达爱慕之情，如"投我以木瓜，报之以琼琚"的相互付出、加倍回报，"维士与女，伊其相谑，赠之以勺药"的两情相悦。也有用花果作为女性象征来体现婚恋的主题，如"桃之夭夭，灼灼其华"，用绚烂的桃花来比喻新嫁女的美丽容颜，"摽有梅，其实七兮。求我庶士，迨其吉兮"，用成熟的梅子来比喻已近婚嫁年龄的少女，等等。值得注意的是，桑林在《诗经》之中是格外醒目且特殊的意象表达。在当时，桑林是举行活动、从事采摘的重要地点，因此为青年男女提供了相识相恋的机会，许许多多的爱情故事都发生在这个地方。因此《诗经》中常以桑林来表达爱情的主题。如"期我乎桑中，要我乎上宫，送我乎淇之上矣"（《国风·桑中》）中的桑林是情人经常约会的场所，"隰桑有阿，其叶有难。既见君子，其乐如何"（《小雅·隰桑》）也表现出姑娘对心上人一见钟情的场所就在桑林之中，诸如此类，多不胜举。

《诗经》中的植物丰富多彩，多如繁星，涵盖的生活情感也非常全面。农民辛苦劳作，敝衣粝食，就希望生活富足，健康长寿；士兵在烽火连天中背井离乡，就希望家国平安，早日回家；人们婚丧嫁娶，就希望人丁兴旺，家庭和睦……这些或美丽或愁苦的思绪，也常常寄托于身边的植物之上。如"绵绵瓜瓞，民之初生，自土沮漆"中的葫芦就包含着人丁兴旺、种族延续的美好愿望；"采薇采薇，薇亦柔止"中采摘薇草的举动，暗含着渴望返家的强烈愿望。

总之，《诗经》中涉及了大量的植物，对这些各具特色的植物的描写，反映了早期的风俗民情和先民对植物的崇拜心理。仅将植物意象及其文化意蕴作为专门研究便是一个丰富的课题,本书试着罗列以下植物。

如松茂矣

松树是一种常青乔木,有"百木之长"之誉。其耐严寒,经冬不凋,四季常青,适应性极强。自古以来,人们就欣赏松树坚毅挺拔的天然习性,赋予其丰富的文化内涵。早在《诗经》中,松树就被视为正直、高尚、长寿、不朽的象征。

秩秩斯干,幽幽南山。如竹苞矣,如松茂矣。
兄及弟矣,式相好矣,无相犹矣。

《小雅·斯干》

《小雅·斯干》是一首祝贺西周奴隶主贵族宫室落成的诗,诗歌中对宫室建筑以及周围环境进行了描写,并对奴隶主贵族进行了祝愿和歌颂。其中写道:山涧中的水清澈流淌着,终南山深远而幽静。宫室附近遍布着茂盛的竹丛和松林。兄弟们共处一室,亲情深厚,和睦相处,相互之间没有欺诈。而"如竹苞矣,如松茂矣"两句,不仅是对宫室建筑环境的描写和赞美,又用起兴的手法,以竹子和松树暗喻了主人品格高洁,兄弟相亲相爱,家族和睦昌盛,语意双关,内涵深厚。

如月之恒,如日之升。

> 如南山之寿，不骞不崩。
> 如松柏之茂，无不尔或承。
>
> 《小雅·天保》

这是周代权臣召伯虎祝贺周宣王亲政的诗。召伯虎是周宣王的老师和辅臣，是一位具有远见卓识的政治家，世称"召公"。他在诗中不仅表达了对周宣王的鼓励和期望，也表达了自己的政治理想。他期望周宣王即位后能励精图治，完成中兴大业，重振先祖雄风。全诗以日、月、山、松等自然事物做了生动形象的比喻，祝愿君主的事业如同上弦月渐满，又像旭日东升，处于上升态势，又如同终南山一样不朽，江山永固。希望君主如同松柏一样健康长寿，子孙万代。

> 山有桥松，隰有游龙。不见子充，乃见狡童。
>
> 《郑风·山有扶苏》

这首诗描述了一位山野女子与情人相会的情景。诗中以女子娇嗔的口吻写道：山上有挺拔的青松，池里有丛生的水荭。没见到像子充一样的好男儿，偏遇见你这个小狡童（漂亮的小坏蛋）。诗中用繁盛的花草树木来烘托幽会的氛围，以山上高大挺拔的青松与水泽中柔弱的荭草起兴，表达了她与情人相会的愉悦心情。

《诗经》中松树的文化形象在后世得以传承，并有了更为丰富的发展。松树为长寿树种，如司马迁在《史记·龟策列传》中云："松柏为百木长，而守门闾。"松树还受封为"大夫"，成为木之尊者。泰山有"五大夫松"（秦代定爵位二十级，五大夫为第九，享大夫之尊），相传秦始皇封泰山时，途遇大雨，避于松树之下，因其护驾有功遂封其爵位为"五大夫"。

文人墨客们更是对松树情有独钟，将松树引入艺术创作之中。孔子以松柏比喻君子之德，在《论语·子罕》中赞道："岁寒然后知松柏之后凋也。"庄子将松柏与尧并称，《庄子·德充符》载："受命于地，唯松柏独也正，在冬夏青青。受命于天，唯尧舜独也正，在万物之首。"白居易的《和松树》："亭亭山上松，一一生朝阳。……彼如君子心，秉操贯冰霜。"李白的《南轩松》："南轩有孤松，柯叶自绵幂。何当凌云霄，直上数千尺。"诗人借孤松自喻，写松潇洒高洁、顽强挺拔的品性，赞颂"凌云霄"的孤松，表现出诗人刚正不阿的高尚品格。希望孤松上冲千尺、直上云霄，侧重体现出诗人不满足于孤松的潇洒自得，向往着"直上数千尺"的凌云之势，暗寓出诗人崇高的理想和远大的抱负。

宋代文人雅士将松、竹、梅并称"岁寒三友"。文人常常以"岁寒"作为斋室、楼阁的名字，题咏"岁寒堂""岁寒亭"的诗文更是不少，构成了丰富的文化景观。林景熙的《王云梅舍记》载："即其居累土为山，种梅百本，与乔松、修篁为岁寒友。"元杂剧《渔樵闲话》云："那松柏翠竹皆比岁寒君子，到深秋之后，百花皆谢，唯有松、竹、梅花，岁寒三友。"后人借以比喻在逆境艰困中仍保持节操之人。清代陆惠心的《咏松》赞道："须知做雪凌霜质，不是繁华队里身。"松在冰雪中锻造着瑰丽卓绝的风景，无须繁华的背景，不浮华，不虚荣。无论严寒还是酷暑都屹立在山冈之上，不去争夺那所谓的美丽，常青不衰更胜过一时的繁华。

松树还象征着忠贞的爱情和友情。南朝乐府民歌《子夜四时歌·冬歌》云："渊冰厚三尺，素雪覆千里。我心如松柏，君情复何似。"以冰雪之中的松柏象征忠贞不渝的爱情。宋代大文豪苏轼的妻子病逝，他亲手在其墓旁种植松苗。十年后，松苗长成常青之树，他为悼念亡妻创作了《江城子》:"料得年年肠断处,明月夜,短松冈。"真挚的感情溢于笔端,令人扼腕。

除此之外,松树身上还有着贤才能人的特征。《世说新语·赏誉》中有这样一句赞赏之语:"森森如千丈松,虽磊砢有节目,施之大厦,有栋梁之用。"自先秦起,松树就和柏树一起被广泛用于宫殿、宗庙等建筑,是可堪大用的栋梁之木。人们于是借松柏来比喻才识过人、能力出众、可担当国家重任的人才。

可以说,松树是君子追求理想和完善人格时坚定不移的象征。从松树的身上,我们看到了坚贞不屈、傲然挺立、有德有才的君子形象,他们心存大义,有仁德之心,有贤能之才,不会因个人得失而失去坚守,不会因为人生顺逆而改节易操。几千年来,松被文人们传唱不止,成为一个饱含文化内涵的经典意象。

维莠骄骄

莠,又称狗尾巴草,禾本科植物,是一种常见的杂草,由于在现实生活中遭到人们厌弃,在《诗经》等文学作品中也逃脱不了无用有害的形象,总是与稂、蒺藜等恶草相提并论。后来,莠逐渐延伸为平庸之人的意思。到了清代,《官场现形记》中又有"良莠不齐"的说法,将莠比作坏人,形容好人与坏人掺杂在一起。

既方既皂,既坚既好,不稂不莠。

《小雅·大田》

《小雅·大田》是一首描写农事的诗歌。它按照时间顺序，详细记述了春、夏、秋、冬四季不同农时的农事生产过程。"既方既皂，既坚既好，不稂不莠。"稻子抽穗后非常结实坚硬，没有空壳与害草。其中，稂俗称狼尾草，也是一种野生的杂草。《说文解字》中描述它："禾生穗而不实者。"其与莠长得极为相似，因此经常与莠相提并论，组为"稂莠"，比喻害群之马。

　　"不稂不莠"在这里即指精耕细作，去除杂草。

焉得谖草

　　在《诗经》中，萱草又称为谖草。谖，即忘却。

　　　考槃在涧，硕人之宽。独寐寤言，永矢弗谖。

《卫风·考槃》

　　《卫风·考槃》描写了一位山野隐士的情怀。品德高尚的隐士在山涧中结庐而居，面对着广阔的天地，他的心胸也格外宽广。虽然每天孤独度日，但是自己心中高洁的理想却永远不会忘记。"谖"在这里就是忘记的意思。这首诗充分展现了隐士在自然景色中悠然自得、心中自有丘壑的状态。而"矢"和"谖"的运用，也表达出隐士坚定不移的信念。

　　　其雨其雨，杲杲出日。愿言思伯，甘心首疾。

焉得谖草，言树之背。愿言思伯，使我心痗。

《卫风·伯兮》

随着艺术创作的升华，谖草在"忘却"意义的基础上又延伸出"忘忧"的含义。描写女子想念丈夫的《卫风·伯兮》中就提到了谖草忘忧的说法。女子企盼一场大雨从天而降，天上偏偏艳阳高照。她想念身在远方的丈夫，虽然每天辗转难眠、头痛欲裂，但也心甘情愿。到哪里去找能够使人忘忧的谖草呢？她想寻来种在房屋的北面。女子思念丈夫的心情，由头痛到患心病，感情层层加深，以至于她想要寻找忘忧草来减轻自己的痛苦，其对丈夫的思念之情可见一斑。

除了《诗经》，历代的文学作品中也有许多关于谖草忘忧的记载。东晋名士嵇康在《养生论》中云："萱草忘忧。"朱熹也描述道："谖草，令人忘忧。"清代药学著作《本草求真》也从药理上阐释了谖草的忘忧功效："萱草味甘而气微凉，能去湿利水，除热通淋，止渴消烦，开胸宽膈，令人心平气和，无有忧郁。"因此，谖草是在淡淡忧伤中又满怀希望的忘忧草，它广泛出现于文人墨客的作品之中。唐朝李咸用吟咏："芳草比君子，诗人情有由。只应怜雅态，未必解忘忧。"（《萱草》）唐代诗人韦应物的《对萱草》曰："何人树萱草，对此郡斋幽。本是忘忧物，今夕重生忧。"宋代文学家苏辙的《赋园中所有十首》云："美女生山谷，不解歌与舞。君看野草花，可以解忧悴。"这些诗句都表现了谖草忘忧的含义。

谖草不仅可以忘忧，也是我国传统文化中代表母亲的一种草木。在我国古代，由于地域辽阔，交通不便，出一次远门动辄数载。因此游子在远行之前，都会在母亲的房前种满谖草，希望母亲能够减少对自己的担忧和思念。源于此，人们又将母亲住的房子称为萱堂。游子在思念母亲的时候，经常将萱草作为歌颂的题材。如唐代孟郊《游子诗》："萱草生堂阶，游子行天涯。慈母倚堂门，不见萱草花。"诗句表达了对母亲的思念和愧疚之情：萱草长满堂前的台阶，远游的儿子行走于天涯之外；慈祥的母亲靠在门前，却不见儿子归来。

忘忧草，忘了就好。人生最无奈的却是想忘忘不了。

投我以木瓜

> 投我以木瓜，报之以琼琚。匪报也，永以为好也！
> 投我以木桃，报之以琼瑶。匪报也，永以为好也！
> 投我以木李，报之以琼玖。匪报也，永以为好也！
>
> 《卫风·木瓜》

《诗经》中的木瓜并不是我们今天在市场上见到的木瓜，我们现在吃的木瓜，其实正式学名叫作番木瓜，原产于墨西哥南部以及美洲中部地区，现主要分布于东南亚、中南美洲一带，我国主要分布在两广及东南沿海地区。既然番木瓜是舶来品，那么《诗经》中所记载的木瓜又是什么呢？南宋朱熹《诗经集注》中说："木瓜，楙木也，实如小瓜，酢可食。"《本草纲目》中记载，木瓜"性温，味酸。归肝、脾经。舒筋活络，和胃化湿"。"木瓜处处有之，而宣城者最佳。"因此又有宣木瓜之称。宣木瓜作为一味药材，常用于治疗风湿拘挛，腰膝关节酸重疼痛。果实味涩，水煮或浸渍糖液中供食用，即《诗经集注》中说的"酢可食"（腌制后可以吃）。入药有解酒、去痰、顺气、止痢之效。

果皮干燥后仍光滑，不皱缩，故有光皮木瓜之称。

  《孔丛子》对《木瓜》的认识是："于《木瓜》，见苞苴之礼行也。"郑玄解释说："苞苴"指馈赠鱼肉瓜果等物品时，用茅草等加以包裹。"苞苴"实际是礼物的代称。"苞苴之礼"说的是人们之间相互馈赠礼品。古代贵族们交往要互相馈赠礼物，赠的意义并不在于物品本身，而在于确立、调节各种关系，如君臣关系、师徒关系等。所以诗中说"匪报也，永以为好也"，正是通过回报的礼物来表达对馈赠者的深情厚谊。汉代张衡的《四愁诗》"美人赠我金错刀，何以报之英琼瑶"，尽管说的是"投金报玉"，其意义实也与"投木报琼"无异。

  《孔子诗论》说："吾以《木瓜》得币帛之不可去也，民性固然，其隐志必有以喻也。其言有所载而后入，或前之而后交，人不可干也。"大意是说：我从《木瓜》这首诗中得到币帛之礼不可去除的道理。人们的性情就是如此，他们内心的志愿需要有表达的方式。他希望结交的心意要先有礼物的承载传达而后再去拜见，或直接前去拜见而后送上礼物。由此可见，人际交往中馈赠之事是不可或缺的。又说："《木瓜》有藏愿而未得达也，因《木瓜》之报，以抒其怨者也。"《木瓜》一诗中有深藏的心愿而没有达成，抱怨对方没有行礼，如果对方那样做了，他则会重重地回报。可见，人们通过礼尚往来，传达情谊，这是一种基于人性的做法。我们生活中常讲的"受人滴水之恩，当以涌泉相报"，其思想的源头，应该来自《木瓜》的感恩报恩主旨。

  人世间馈赠的形式除了具体的礼物还有很多种，比如俄罗斯女诗人英娜·丽斯年斯卡娅写道："有的人会得到幸福的馈赠——它能飞，会叫，就像栖息的群鸟……而我会得到孤独的馈赠，它干涩，激烈，如同大海里的火焰。"（《孤独的馈赠》）这是诗人对自我生命清醒而睿智的探测,诗歌是孤独开出的花,也是照亮她灵魂孤旅的火花,让"孤独的馈赠"得以穿透时空。

与麻有关的手工

> 丘中有麻,彼留子嗟。彼留子嗟,将其来施施。
> 丘中有麦,彼留子国。彼留子国,将其来食。
> 丘中有李,彼留之子。彼留之子,贻我佩玖。
>
> 《王风·丘中有麻》

这是一首炽烈的情诗,是以一个姑娘的口吻写出来的。诗中提到的是姑娘与情郎播撒爱意的地点——"丘中有麻""丘中有麦""丘中有李",大麻地里、小麦垄头、李子树下,都留下过他们的身影。"彼留之子,贻我佩玖",小伙最终赠送美玉作为定情物,一段美好的感情修成正果。这首诗表现了两千多年前黄土高原上一对青年男女之间的柔情蜜意。其情绪热烈大胆,敢于把与情郎幽会的地点一一唱出,既显示出姑娘的纯朴天真,又表达了两人的情深意厚。敢爱,敢于歌唱爱,这本身就是可敬的。

另一首《东门之池》唱道:"东门之池,可以沤麻。"诗以浸麻起兴,不仅写明情感发生的地点,也暗示了情感在交流中的加深,麻可泡软,正意味情意的深厚,而根本的还在于两人可以相"晤",有相互对话的情感基础。在这艰苦的劳动中,小伙子能和自己钟爱的姑娘在一起,又说又唱,心情就大不同了。艰苦的劳动变成温馨的相聚,歌声充满欢乐之情。

据说麻的种植与使用，比蚕丝更早。种麻在春天，麻成熟时，已是夏天。用镰刀收割，叫割麻。把麻的枝叶打掉，将麻茎浸泡在水里，叫沤麻。十来天工夫，水里散发出一种腐烂的味儿，青蛙憋不住，从水中逃走，在远方大声喊叫，表示麻已经沤好了。《阅微草堂笔记》卷十说，某地下雨，下的都是沤麻水，大家以为神鬼作怪。青蛙不喜欢沤麻水，女人也不在沤麻水中洗衣，孩子更不在沤麻水中游泳，连喜欢在水中消夏的猪，都不在沤麻水中打滚，不过沤麻水和塘泥都是上好的肥料。沤好的麻捞上来时，它已经被腐蚀，软得扶不起来。把柔软的麻皮从麻茎上剥离出来，叫剥麻。麻皮在水中反复冲洗，叫洗麻，洗得只剩下它的纤维——洁白、柔韧、细长。然后，就可以加工，细者成线，粗者成绳。沤麻、剥麻时，容易把人的手脚也沤了，手脚沤了，奇痒，抓烂了，里面流出黄水。所以，与麻有关的手工，需要格外小心，干完活，得赶快洗手。

大麻、纻麻经过揉洗梳理之后，得到比较长而耐磨的纤维，成为古时人们衣料的主要原料，织成麻布，裁制衣服。白色麻布制成的衣服，不加彩饰，叫深衣，是诸侯、大夫、士日常所穿；洗漂不白，保留麻色的粗麻布，就是劳动者的衣料。因此，每年种植、浸洗、梳理大麻、纻麻，在中国很长一段历史时期都是农村主要的劳动内容之一。

我在浐河边散步时，遇见过几棵野生的黄麻。诗里有它的影子，我又对亚麻衣物情有独钟，一见它，很亲切，便下意识地摘下它的果子，掰开，找出里面白色、芝麻状的籽来品尝。许多往事通过舌头的感觉涌了出来。

某个邻家少年最喜欢的手工是用生麻做鞭子：麻的下半截是鞭子的把，只需将麻的上半截踩扁，把里面的麻茎弄出来，留下的麻皮，一分三股，像女孩辫辫子一样，辫成一个鞭子，甩起来，啪啪响。再找一个竹竿做马，骑上它，一边奔跑，一边挥鞭，神气得像农村熟练的车把式……

骑"马"的男孩正耍威风，被大人撞见了，笑着说："马还不赖，只是人瘦得麻秆儿似的。"男孩的脸上有些羞涩，一甩鞭子——两肋的肋骨更加分明——骑"马"走了。

拾麦的传统

农民出身的米勒，画了一幅《拾穗者》。我相信，每一个亲近过乡村的人看了这幅画，都会有一种亲切感，进而引发悠长的记忆。

拾穗，在生长《诗经》的地方叫拾麦。乡村孩子，大概都有过拾麦的经历：徘徊在麦地里，身子低低弯下……

我幼时农忙时节去农村亲戚家，也跟着小伙伴拾麦，他们眼尖、手脚快，我看到的麦穗，往往被他们抢先一步拾走了。我只好离他们远些。即使这样，结伴回家的时候，我篮子里的麦穗也没有他们多。唉！没有办法，我只好在快到家里的时候，慢下步子，趁人不注意，对篮子里的麦穗进行一番"架空"处理，使人看起来我好像拾了好多麦子似的。

"一丘田有几遗穗，五合米需千折腰"（聂绀弩《拾穗同祖光》其一），真的是粒粒皆辛苦。今天拾麦的情景依然在继续吧。有过低头垂向大地的经历，谁舍得浪费一粒粮食呢？虽然那时并不懂得什么叫作对土地的谦卑。

拾麦在中国是一种传统，是一种美德，一种节俭之风，也是生活的希望。

《阅微草堂笔记》卷十五中追忆说：收获季节，田地里有些收获不干净的麦子，有些从车上掉下来的麦子，让那些生活困难的女子捡拾，这样的传统可以追溯到周朝。乡村麦熟时，妇女孩子成群结队跟在割麦、收麦人的身后，捡拾他们残剩的麦穗，这就叫拾麦。农民习以为常，他们不知道这是古代留下的风气。（原文是："遗秉、滞穗，寡妇之利，其事远见于周雅。乡村麦熟时，妇孺数十为群，随刈者之后，收所残剩，谓之拾麦。农家习以为俗，亦不复回顾，犹古风也。"）

《小雅·大田》中是这样说的：

彼有遗秉，此有滞穗，伊寡妇之利。

拾麦的事情，在中国有几千年的历史了。那些贫者弱者，没有像常人一样过上很好的生活，不论原因如何，都应得到同情和帮助，而这样的同情与帮助又是在不让对方为难的情况下进行的。最初的拾麦，就体现了这种美好而忠厚的民俗：一种无言而温情的帮助，一种尊重式的馈赠和布施。

墙上的蒺藜

虽然我从未经历过真正的农村生活，但少年时生活在城乡接合部的县城，亦让我有幸与土地亲近。夏天经常看到一群孩子赤脚。我很羡慕他们赤脚走在乡间泥泞中，赤脚在河塘中摸鱼。我有一次也跟着他们赤脚走在新犁的土地上，体会到了土地的润泽和温暖；晾晒场上，我赤脚踫着太阳下的新麦，笑看身后留下一圈圈纹路。

赤脚时最怕遇到蒺藜，有一次脚被刺了个口子，所以我对蒺藜印象深刻。但是小伙伴们的脚与土地亲密接触久了，脚底板上长起厚厚的老茧，手挠之不痒，石硌之不痛，连那周身是刺的蒺藜也扎不进了。

长大读书，见到书上有"蒺藜"二字，就多了一些关注。蒺藜，又称旱草，所谓"岁欲旱，旱草先生"，它的生命力极强。《诗经》中蒺藜叫"茨"，至少出现过两次。

一次在《楚茨》中："楚楚者茨，言抽其棘。"意思是说，蒺藜丛丛长满地，拿起锄头除荆棘。蒺藜长在田地里自然要被锄掉，历代农民都是如此。如果蒺藜长在瓜田边，则能给偷瓜的调皮孩子增加一些障碍。《周易》中有一句话叫"困于石，据于蒺藜"，说的就是蒺藜挡道。如果蒺藜长在野地里，自然没有人操那个闲心管它。

"墙有茨，不可扫也"，出现在《墙有茨》中，又说"不可襄也""不可束也"。意思是说，墙上有蒺藜，不要把它扫去，不要把它拔掉。大概是墙上长蒺藜，可以给逾墙而入者增添一些障碍吧。我的目光在这首诗上停留时间很长，因为我从没有见过蒺藜长在墙上，蒺藜怎么会长到墙上呢？

显然不是鸟把蒺藜的种子带到院墙上的。鸟不食蒺藜，也不会衔着蒺藜玩。我在书上只见到一则鸟吃蒺藜的记载，可能仅此一例，见之于宋朝的《海录碎事》，也不知记录的是哪个朝代的事情。说的是：有一对燕子夫妻在农家的屋梁下筑巢养子。后来，雌燕不幸被猫捕食，雄燕又给小燕子们找了一位后妈，只见后妈对小燕子哺育如故。可是，几天后，小燕子一个一个都从巢中掉在地上死了。人们很奇怪，解剖小燕子的尸体一看，只见它们的嗉子中都是蒺藜。我对这则笔记的真实性表示怀疑。显然，人们在小燕子的后妈身上赋予了浓重的人间道德色彩。

农家也不会在墙上种蒺藜，蒺藜怎么会长到墙上呢？

远古农家的院墙都是泥土做的。泥土取自田边地头的野地，其中或许夹带几粒蒺藜种子，农家没有在意，他只顾收拾自家的院墙。院墙或者是垒的，或者是垛的，或者版筑的。有些讲究人家，还会在土墙上再涂一层泥，如《小雅·角弓》所说，"如涂涂附"，既美观又护墙。筑在墙中的蒺藜种子在强大的生命力量的召唤下，顽强发芽，悄悄长大，在农家的土墙上开花、结果。我们的祖先看到了，吟唱道："墙有茨，不可扫也……"

如今，我远蒺藜而去。城市里，我从来不敢赤脚，尽管这里好像也没有蒺藜。

再唱不出那样的歌曲 | 后记

  《诗经》作为我国最早的一部诗歌总集,是中华文化的源头,更是后代诗歌创作之滥觞。

  现代人读《诗经》,大多喜欢看《诗经》里的痴男怨女、风花雪月。殊不知,在响彻两千多年的歌声中,有欢愉、忧戚、哀怨、相思、愤懑,诗中蕴含的人生伦理、信仰道德、价值观念、情感意志等包含了思想史、社会史、风俗史中最贴近人生的一面。《诗经》是我国上古文化的总结和艺术的升华,它生成于中华民族丰饶的文化土壤,具有极为丰厚的内容,这使它在中国历史上的影响远远超出了诗的界域,关于它的文化意蕴的开掘也是无限的。"诗"与"经"原本是对抗的,"诗"是原生态的、自由生长乃至野蛮的,"经"象征着正统。就是这样原本不同的灵魂在这里却浑然一体。

  《诗经》中的"情感",有些至今是不变的,有些被异化了,有些中断了,有些则进步了。当今的时代,大家接受了太多碎片的信息和标准不一的价值观，现代文明在给人类提供了一系列便捷，让人类的物质生活飞跃上升后，也让人们活得更紧张更没有安全感。我们作为一个个体，究竟要朝哪个方向生活？信念是什么？追求的是什么？我们还愿不愿意付诸等待？无论是对心中挚爱还是理想。这也是阅读《诗经》给我的启迪，反复读诗的过程，也是一个连接与关照内在的经历，在聆听先民的吟唱中试图获取对人世宽阔的慈悲。让我感恩的是，我把自己抛到那段岁月中去，我所写下来的这一切感受，给了自己很深的滋养。所以，这本札记也是一份很私人化的阅读体验，"吾之蜜糖彼之砒霜"，其中难免的纰漏，还请各位方家指教。

愚以为，"孤意"与"深情"很好地诠释了《诗经》中的情感。回头看还有很多我没来得及展开的部分，其实都镂刻着这种伟大的孤独。"求之不得，寤寐思服"是孤意，"岂曰无衣？与子同袍"是深情；"匪报也，永以为好也！"是孤意，"之子于归，宜其室家"是深情……即便在雅、颂中，亦有此情怀。"奏假无言，时靡有争。"（《商颂·烈祖》）"予怀明德，不大声以色。"（《大雅·皇矣》）何尝不是深情？"周道如砥，其直如矢。君子所履，小人所视。"（《小雅·谷风之什》）"上天之载，无声无臭。"（《大雅·文王之什》）又何尝不是孤意？

大师徐悲鸿用"独持偏见，一意孤行"八个字作为他对人生与艺术的宣言。世界上所有的悲歌都如此吧，最终都不过是对自我的爱抚与抗争。

除此，我觉得"悲伤与理智"也是我在写作过程中所体会到的另外一种感情，在素来为人们所津津乐道的"爱与哀愁"背后，《诗经》更有一种鼓舞人心的力量，悲伤越多，理智就越多。顾随先生讲："只有《诗经》比较了解女性的痛苦。"在《氓》《谷风》《江有汜》等篇目中都能感受到女子情感经历由"悲伤"到"理智"的转变。当然，"理智"

未见得比"真情"更重要,但从自我建设的角度,确实是一种上升。

《诗经》塑造的那么多鲜活的女性形象,或纯真烂漫,或哀婉悲戚,或情意绵长,或热情泼辣,或彷徨疑惧。既歌颂了女性的外在美,又充分展示了她们的精神与思想。她们个性中吸引我的,是那种外放的生命力,那种天然的浪漫与痛苦,和所有伟大的艺术一样,展示的正是人性最淳朴的本质,这也是《诗经》余音缭绕两千多年经久不衰的原因。

诗歌的家国情怀与宗教情怀,并不解决其品质问题,若没有强大的灵魂统摄,那些丰富的"暗示""讽喻"也只如一盘散沙。而单一的抒情或叙述也不能解决诗歌的独立性问题,若缺少冶炼语言的独我性与经验的提纯,缺乏多义与神秘,很难抵达诗中最生动、丰饶的部分。我们今天的生活与所谓"伟大的作品"之间依然深陷于里尔克所言的谶语般的"古老的敌意",这是生而为人的矛盾,却也是一种无须妥协的高贵,就让这"敌意"持久留存、相依相生吧。

去年夏天某日我被暴雨困在了九华山,大雨倾泻的黄昏,雨声与诵经声同时响起。那场暴雨奋不顾身下了三天三夜,又像落了一个世纪,汇集了一切事物的眼泪。彼时正身处某些困境,往事泥沙俱下,我不再强迫自己融入当时的静谧与肃穆,我写下"妄念也是纷飞人世的必经之鸟"时突然释然。那个傍晚,如同神赐。雨终于停了,下山的时候,竟然出了太阳,落日的余晖洒在身上,清简而充实。我告诫自己,为了获取被点燃的"那一瞬",或者被无数艺术家称之为"灵感"的东西,得无数次努力克制、忍耐,而不轻易把内心大面积的虚妄唤作"风暴"。

后来再读《蒹葭》一章不由落泪,"蒹葭苍苍,白露为霜。所谓伊人,在水一方"。想起在九华山被打湿的夜晚,那些独自听雨的时刻,那些未完成的时光之诗,最终的启示都是教人如何在宇宙中自处。"伊人"是这苍茫尘世间的灯塔,即便发出的只是微光,却总能让人有勇气独自面对无穷。

庄子云:"其名为撄宁。撄宁也者,撄而后成者也。"撄是干扰,宁是安静,要在干扰中获得宁静,这句话尤令我警醒。吾等虽达不到"真人"状态(其寝不梦,其觉无忧,其食不甘,其息深深),但还是希望尽力保护和尊重自己的天性。想起一位老师曾把我的名字解为"庞大的简洁",我因这宿命般的警醒而倍感惊讶与感恩。有限的目标,以及适时接纳自己的局限,确实让人生逐渐变得简洁。我有时也把自己忝列因"自身的缺憾"而被文学庇护的那类人,不管外在世界如何沸扬,拥有一颗拙朴而安静的心,努力保持生命的丰盈和善良,对于生活"不矫饰、不怯场"已非常难得,愿诗能给予我这样的品质和勇气。

本书三年来几易其稿,在这个过程中我也逐渐学会应对内心的沉浮。此书修订之时,恰逢 2020 年春节新冠肺炎爆发的非常时期,居家隔离的日子,让很多人停下了匆忙奔走的脚步,从内心深处感恩那么多"逆行者"的付出,才得以使黑暗的闸门被爱与信仰掮住。而我们每个幸存的普通人,面对迟迟盼来的春天重新赐予的一切:和煦的阳光,温情的笑容,慈悲的谣言,绝望的情话……所有行将持续的平淡日常,已是最好的慰藉。

灾难过去了,所有人的生活都会恢复,继续为鸡毛蒜皮、蝇头小利跟世界撕扯不休,这既不荣耀也非苟且。带着世界赋予的裂痕去生活,就是普通人的日常,生存本身就是对荒诞最有力的反抗。但大难当前时,很多人骨血里潜藏的那一分浪漫、半口侠气,那些看似虚无缥缈又真实存在的本能的良善与正义抬了头。"岂曰无衣?与子同袍。""投之以木桃,报之以琼瑶。"……这些才是支撑我们延续和传承至今的火种。

本书收录的文章近年发表于《书屋》《延河》《四川文学》《延安文学》《美文》《中国艺术报》《长沙晚报》等,感谢以上报刊编辑老师的鼓励。

特别感谢穆涛老师、杨雨老师、刘绪义老师、胡长明老师的悉心指导。感谢陕西师范大学出版总社刘东风社长的鼎力支持，感谢郭永新老师、焦凌老师督促我修改完善了书稿，才使得本书能够顺利面世，他们的专业精神令我钦佩。还有诸多志同道合的师友的关心厚爱，我都铭记于心。

同样感谢我的父母、我亲爱的家人。感谢我狭小生活半径里邂逅最多的熟悉的陌生人：快递和外卖小哥、菜市场修鞋摊的阿姨、盲人按摩师傅……他们也都曾被我写在诗里，他们身上的微光照亮过我，以及持续照亮着城市昏暗的角落。感谢我生活的长安这座伟大的古城，我因成为她永久的异乡人而备感荣耀。感谢时间对我的馈赠——"想到故我今我同为一人，并不使我难为情。"

人生实苦，以诗自渡。

当我在纸上写下：
"我学会了天真、聪明地生活"
福尔可定止咳水狡黠一笑：
亲爱的
你要警惕那些流行的元素

与午夜咳嗽的搏斗中
身体迅速还原为傀儡

流感一样迅速蔓延的微笑
空气中消毒液的味道
人民脸上盛大而复杂的表情
箴言一样的训诫——

是我受过的教育的总和
此刻合并为我胸腔中的虚空

没有一种悲伤比得过身体的残缺
没有一句诗行配得上万物的静默

保护性反射持续发酵
高烧、咳嗽、谄媚、诅咒……
爱与病
身陷泥潭的人
每一次拯救对方的尝试都让彼此
陷得更深
直到乌泥没顶

我想起多年前飞出窗外的躯体
他曾赐予我深情之吻
让我忘记黑夜
而他
最终只领略了落日的圆满
——每一天都有新的不安

庞洁

于古城长安

参考书目

余冠英：《诗经选》，人民文学出版社 1979 年版。

李长之：《诗经试译》，古典文学出版社 1956 年版。

郭沫若：《卷耳集屈原赋今译》，人民文学出版社 1981 年版。

隋树森：《古诗十九首集释》，中华书局 1936 年版。

杨公骥：《中国文学》，中央广播电视大学出版社 1989 年版。

黄焯：《诗说》，长江文艺出版社 1981 年版。

钱锺书：《管锥编》，中华书局 1979 年版。

王守民：《诗经二雅选评》，陕西师范大学出版社 1989 年版。

闻一多：《诗经通义》，时代文艺出版社 1996 年版。

扬之水：《诗经名物新证》，北京古籍出版社 2000 年版。

刘毓庆：《历代诗经著述考》（先秦—元代），中华书局 2002 年版。

周振甫：《诗经译注》，中华书局 2002 年版。

傅斯年：《诗经讲义稿》，上海三联书店 2017 年版。

钱穆：《论语新解》，生活·读书·新知三联书店 2002 年版。

朱自清：《诗言志辨 经典常谈》，商务印书馆 2017 年版。

扬之水：《诗经别裁》，中华书局 2012 年版。

流沙河：《诗经现场》，新星出版社 2013 年版。

顾随：《中国经典原境界》：北京大学出版社 2016 年版。

刘冬颖：《诗经八堂课》，中华书局 2018 年版。

2